La collection
RÉVERBÉRATION
est dirigée par

gaëtan Lévesque

VIES PARALLÈLES

DE LA MÊME AUTEURE

Romans
Les samourailles, Montréal, Éditions de l'Hexagone, coll.
  «Fiction», 1987.
Li Tsing-tao ou le grand avoir, Montréal, Éditions de l'Hexagone,
  coll. «Fiction», 1989.

Poésie en vers
Massawippi, Montréal, Éditions de l'Hexagone, 1992.
Comme un vol de gerfauts, Montréal, Le Noroît, coll. «Initiale»,
  1993.

Poésie en prose
Les vents de l'aube, Montréal, VLB éditeur, 1997.
Le voyageur aux yeux d'onyx, Montréal, Éditions de l'Hexagone,
  coll. «La Voix des poètes», 2003.

Nouvelles
Un vernis de culture, Saint-Sauveur-des-Monts, Éditions de La
  Grenouillère, coll. «Migrations», 2012 (Prix littéraire des
  enseignants AQPF-ANEL 2013).

FRANCE BOISVERT

VIES PARALLÈLES

nouvelles

Lévesque
éditeur

RÉVERBÉRATION

Catalogage avant publication
de Bibliothèque et Archives nationales du Québec et Bibliothèque et Archives Canada
Boisvert, France
Vies parallèles : nouvelles
(Réverbération)
ISBN 978-2-924186-42-8
I. Titre. II. Collection : Réverbération.

PS8553.O467V53 2014   C843'.54   C2013-942767-8
                  PS9553.O467V53 2014

Lévesque éditeur remercie le Conseil des arts du Canada (CAC)
et la Société de développement des entreprises culturelles du Québec (SODEC)
de leur soutien financier.

Lévesque éditeur
11860, rue Guertin
Montréal (Québec) H4J 1V6
Téléphone : 514.523.77.72
Télécopieur : 514.523.77.33
Courriel : info@levesqueediteur.com
Site Internet : www.levesqueediteur.com

Dépôt légal : 1ᵉʳ trimestre 2014
Bibliothèque et Archives Canada
Bibliothèque et Archives nationales du Québec
ISBN 978-2-924186-42-8 (édition papier)
ISBN 978-2-924186-43-5 (édition numérique)

Distribution au Canada
Dimedia inc.
539, boul. Lebeau
Saint-Laurent (Québec) H4N 1S2
Téléphone : 514.336.39.41
Télécopieur : 514.331.39.16
www.dimedia.qc.ca
general@dimedia.qc.ca

Distribution en Europe
Librairie du Québec
30, rue Gay-Lussac
75005 Paris
Téléphone : 01.43.54.49.02
Télécopieur : 01.43.54.39.15
www.librairieduquebec.fr
libraires@librairieduquebec.fr

Production : Jacques Richer
Conception graphique et mise en pages : Édiscript enr.
Photographie de la couverture : France Boisvert
Photographie de l'auteure : Pierre-Henry Reney

Je ne pourrai pas dire toute la vérité.
Mais tout ce que je dirai sera vrai.
Fallait y penser. Un pacte. Impact.

Radio

À l'époque, j'animais une petite émission littéraire sur les ondes de Radio Québécoise. Tous les samedis, je commentais des romans parus durant l'année et j'aimais vraiment les livres dont je parlais. Ce que je fais toujours au demeurant. Au début, je faisais surtout du commentaire de romans et d'essais, mais, pour varier, la directrice de programmation m'avait suggéré de faire des interviews d'écrivains et d'avoir des chroniqueurs. J'ai approché plusieurs personnes et deux filles se sont jointes à l'aventure : une écrivaine en résidence et une critique de livres pour enfants. Puis l'une, trop occupée, est partie… et, enfin, l'autre aussi. Le bénévolat demande du temps dont on ne dispose pas toujours.

Au début, quand je lui avais parlé de l'affaire, mon conjoint s'était moqué. « Toi, faire des entrevues ?! » Pendant qu'il s'esclaffait encore, je me jetai dans l'aventure. J'ai réussi à tenir le coup en dépit des aléas puisque tout ce beau monde littéraire vivote le cœur sur la main en s'impliquant au fur et à mesure de ses moyens.

Quoi qu'il en soit, portée par la fougue et nourrie d'idéal, suivant Arthur Rimbaud dans sa *Saison en enfer*, j'arrivais à « tenir le pas gagné ». J'avançais et j'enchaînais les émissions, accompagnée de l'un ou l'autre des techniciens. Au fil du temps, semaine après semaine, j'ai reçu toutes sortes d'auteurs ; des écrivains versés dans l'art d'écrire, des stylistes et des universitaires, plus intellectuels, d'importants chercheurs parfois même ignorés des médias.

À la longue, je compris que les écrivains constituaient une tribu d'écorchés vifs. Mes bien plumés, obsédés de mots, avaient une nature de chercheurs d'or jumelée à une âme de bibliothécaire. Il y avait aussi des utopistes endimanchés hantés par la réalisation de leurs rêves, celui de créer des mondes habitables. Cela dit, parmi mes invités, il y avait un certain lot de professeurs qui écrivent et d'écrivains qui enseignent. Je lisais chaque livre d'un bout à l'autre et chaque entrevue constituait une expérience de lecture avec une personne emportée par sa fiction. De façon générale, l'auteur ne correspondait jamais au portrait que je m'étais fait à son sujet. Et c'est pour cette raison que je devais continuer à animer une émission qui permettait de comprendre l'étrange processus selon lequel la personne qui lit invente la personne qui écrit. Au fond, Rimbaud avait raison : *je* est vraiment un autre.

Chaque émission était préenregistrée des semaines à l'avance. Certaines auteures, véritables hauteurs, jouaient les divas et se faisaient prier pour entrer en studio ; d'autres, plus étourdis, oubliaient de se présenter, et d'autres, encore, arrivaient avec une ou deux heures de retard... et, une fois sur place, les récalcitrants se lançaient en des envolées qui n'en finissaient plus, de quoi décourager n'importe quel intervieweur. Malgré tout, chaque émission apportait son lot d'informations sur l'écrivain : on entendait sa langue, les inflexions de sa voix, sa manière de s'exprimer, de se présenter et de parler de son plus récent ouvrage, bref tout en lui renseignait sur le livre. L'ensemble concourait à mieux faire connaître l'auteur, voire à casser la patine glacée de son image. Par contre, il faut dire que certains, des professionnels de la mise en scène, avaient créé de toutes pièces une représentation d'eux-mêmes très crédible, tant et si bien qu'ils ressemblaient parfois aux personnages de leurs propres romans. En ce sens, ils s'offraient aux auditeurs, comme s'ils constituaient leur œuvre la plus achevée !

Lors de ma deuxième année à l'antenne, la directrice de programmation avait convié au Salon du livre de Montréal ses animateurs ayant publié dans l'année courante afin de participer à une émission en direct où chacun présenterait son nouveau livre. Elle demanda à Roger Grog, la voix de la station, d'animer cette émission spéciale dans le stand de Radio Québécoise. Devant la table où les techniciens avaient placé quatre micros, un auditoire s'était massé pour écouter et applaudir notre performance diffusée en direct.

Il y avait le chercheur Léon Noël, vulgarisateur scientifique aux talents de communicateur, qui venait de pondre un essai sur la découverte du boson de Higgs et Nana Laviolette, poétesse incendiaire de son état. Dans son émission de nuit, celle-ci entretenait ses auditeurs des poètes maudits du présent et du passé. Vêtue de velours pourpre, elle tenait dans ses mains osseuses le plus récent opuscule de son œuvre en vers libres, des vers libérés comme la femme qu'elle affirmait être. Elle parla avec langueur de sa plaquette portant sur le désir intime de l'amour heureux. Roger Grog n'y comprit pas grand-chose et il lui fit lire une page, puis il passa à l'historien patenté, Robin Wood, spécialiste des révoltés du Bas-Canada. Ce dernier animait une émission de généalogie très populaire. Il venait de lancer un roman sirupeux mettant en scène ses propres aïeux lors des Rébellions de 1837. Enfin, il y avait moi, French Greenwood, avec mon gros livre de *short stories* inspirées par *Frankenstein*. «Oh! La belle palette que voilà!» fis-je quand, enfin, mon tour fut venu.

Chacun avait une quinzaine de minutes pour présenter son ouvrage : le scientifique avait fait et les questions et les réponses ; la poétesse aux incisives proéminentes avait débité un de ses chants crépusculaires ; quant à l'historien, plus sympathique, il avait charmé tout le monde avec son bagout, en dépit de l'aridité du sujet. Robin Wood avait le sens de la formule et la réplique aussi prompte que juste. Sa présentation des deux têtes à Papineau enflamma l'auditoire qui se mit à l'applaudir frénétiquement. Mon tour vint. Je plaisantai à propos d'une de mes nouvelles, tâchant de surfer sur le succès de mon acolyte et je racontai comment j'avais imaginé une histoire portant sur une manifestation comme s'il s'agissait là d'un présage du Printemps érable. Curieux, Roger Grog voulut en savoir davantage à ce propos.

— Ça n'arrive pas souvent aux écrivains, justement, d'annoncer ce qui s'en vient ? lança Roger.

— Écoutez, Roger, c'est une coïncidence ! Si on commence à penser que les écrivains devinent l'avenir, il n'y a plus d'imaginaire, mais que des prophètes de malheur !

— Mais comment expliquez-vous que certains livres aient annoncé des calamités qui se soient réalisées par la suite ?

— Bonne question ! De fait, il y a deux théories possibles. Ou bien, on est comme des animaux et on sent les catastrophes venir : alors, on produit de la poésie oraculaire, comme chez les Anciens, avec leur lecture des entrailles des animaux, l'interprétation de la forme des nuages, sinon celle des rêves, une pratique qui remonte à la plus haute Antiquité comme vous le savez… Ou bien, l'imaginaire existe et, dans toute la production livresque de l'humanité, quelques œuvres ont dépeint un événement qui s'est effectivement produit par la suite, et ce, de manière fortuite.

— C'est l'imaginaire qui est en jeu? me relança Roger, avec insistance.

— Exactement, Roger Grog. Pour ma part, j'ai choisi de croire que l'imaginaire existe! Ce que je défends, au fond, c'est la liberté d'imaginer...

— Et les personnages de vos nouvelles? Parlez-moi de vos personnages!

— Certains évoluent sous l'emprise d'un déterminisme qu'ils n'ont pas élucidé et qui les emporte comme s'il s'agissait d'un noir destin...

— Vous croyez donc à la liberté? lança Roger avec beaucoup d'à-propos.

— Je crois que, par l'analyse et la conscientisation, on peut se libérer d'automatismes qui enserrent l'esprit. Oui. Je ne crois pas beaucoup à la chance pure! Personnellement, je pense avoir acquis au fil des ans une certaine capacité d'agir que je n'aurais pas eue sans les secours de la psychologie, de la sociologie et de la philosophie. Au fond, je pense que c'est à force de réflexions que j'ai échappé à mon destin pour me forger une destinée...

— C'est de vous?

— Non, d'Albert Camus. *Le mythe de Sisyphe.* Vous avez lu?

— Ah! Sisyphe! La grosse roche. Les Dieux. L'absurdité de l'existence!

— Je me souviens d'une phrase où il dit qu'*on finit toujours par avoir le visage de nos vérités...*

— Ah! France! Vous avez le tour de nous faire revisiter nos classiques!

— Albert Camus pensait que la conscience était un instrument de libération personnelle, voyez-vous...

— Je vois surtout que le temps file, que la chère est triste et qu'elle n'a pas lu tous les livres ! Et Roger d'éclater de rire après cette pirouette littéraire.

— Tiens, Stéphane Mallarmé !

— Crac ! Boum ! Hue !

— Boris Vian ?

— Non, Dutronc !

Et c'est sur un nouvel éclat de rire que Roger Grog termina son émission avant que le technicien lance une pièce musicale rappelant la guitare bien rythmée de Django Reinhardt. Galvanisé par l'expérience de la diffusion en direct, chaque animateur interviewé vint saluer les gens venus les écouter, tour à tour. C'est à ce moment-là qu'il en a profité pour s'approcher de moi et que je remarquai la manière dont il s'était habillé pour l'occasion. Il portait une chemise rouge coquelicot sous sa veste noire qui mettait en relief sa prestance. Robin Wood riait dans une barbe noire taillée en carré, des verres à monture d'intellos à cheval sur l'arête droite du nez et, les mains posées l'une contre l'autre, il s'approcha encore. Je le saluai d'un coup de tête en me demandant ce qu'il voulait. Il enchaîna avec élégance :

— France, vous savez que je fais une émission traitant de la généalogie des familles du Nouveau Monde ? J'ai pensé faire la grande famille des Boisvert. Seriez-vous intéressée d'y participer ? fit-il, m'adressant son invitation comme s'il s'agissait d'une prière.

J'aurais dû démasquer le diable derrière cette voix suave, pleine d'onction et de charme. Je n'y vis que du feu, très bleu, et j'acceptai sur le champ. Nous eûmes un échange de courriels pour fixer la date de l'enregistrement qui aurait lieu par un matin d'hiver. J'avais deux mois pour y penser et répondre à ses questions : il me demandait de trouver la date et le lieu du mariage de mes parents, de mes grands-parents et de mes arrière-grands-parents. Heureusement, ma sœur aînée connaissait notre histoire familiale et j'obtins les informations attendues assez rapidement pour les lui transmettre afin qu'il dresse l'arbre généalogique de ma famille.

Le samedi de janvier arriva. Le jour se révéla froid, comme tous les lendemains de tempête particulièrement glaciaux de trente sous zéro. Au petit matin, le blizzard persistait sur tout le sud du Québec et les précipitations continuaient à tomber. En état d'alerte, les corps policiers, les pompiers et les ambulanciers sillonnaient la ville. Les services essentiels étaient aux abois. J'habitais une ville assiégée par la tourmente. Qu'importe. Ma décision était prise. Je me présenterais au studio.

•

Je me levai tôt pour dégager ma voiture des bancs de neige. Je sortis la pelle du coffre après l'avoir balayé à la mitaine. Une fois l'outil bien en main, je commençai à pratiquer une ouverture latérale à l'avant pour sortir l'auto d'une congère aussi grosse que la voiture.

Plus d'un mètre de poudreuse s'était accumulé au sol depuis la dernière bordée de neige. Les vents balayaient les rues et la tempête avait laissé d'importants dépôts qu'il fallait déblayer soi-même, manuellement, autour des roues et sous les essieux. Je m'activai. Il s'agissait d'accéder à la voie centrale ouverte par les charrues des employés de la Ville. Au bout d'une heure, j'avais dégagé ce qu'il fallait d'espace pour sortir la voiture de son igloo. Puis, je nettoyai chaque fenêtre des passagers, le pare-brise, le toit et la fenêtre arrière et je démarrai mon bazou qui hoqueta dans le froid avant de s'activer après un sursaut. À la suite des deux minutes réglementaires permettant au moteur de se réchauffer, je vérifiai si j'avais le champ libre et j'appuyai doucement sur l'accélérateur pour rouler ferme sur une chaussée poudreuse, inégale et verglacée. L'auto s'avança pourtant sans glisser. J'avais réussi. C'était toujours ça de pris.

Je connaissais par cœur le chemin pour me rendre au poste de Radio Québécoise. Je partis donc lentement dans le blizzard, les phares allumés et je circulai prudemment sur les rues blanches et désertes. Mes pneus d'hiver mordaient dans les ornières et je cherchais les passages où l'on avait répandu des abrasifs. Une fois sur le boulevard Saint-Laurent, la fréquence des voitures étant plus grande, le bitume noir tranchait dans la blancheur et on roulait dans une gadoue qui cessait de gicler quand on s'arrêtait aux feux. On ne voyait pas dix mètres en avant. J'avançai alors au pif, cherchant à savoir s'il y avait une voiture devant.

Je baissai ma fenêtre et, d'un mouvement de la main, je dégageai la neige qui givrait le rétroviseur en me répétant que tout allait bien en guise de mantra pour ne pas flancher sachant très bien qu'une fois qu'on est parti, on ne revient pas. Au contraire, il faut tout faire pour arriver. Mais, au beau milieu du blizzard, découragée, je commençai à regretter ma témérité. J'eus même une pensée pour François Paradis, l'amoureux mort frigorifié parti dans la tourmente par amour pour Maria Chapdelaine. Alors, la voix de la conscience me morigéna : « Tu aurais dû prendre le métro, espèce de tête folle ! » Toutefois, une mauvaise chute sur la glace m'avait incitée à éviter de marcher du métro aux studios encore une fois. Après avoir fait la moitié du chemin, je remarquai que les trottoirs n'avaient pas encore été déneigés. J'avais bien fait de prendre la voiture. Je surmontai ma frayeur, serrai le volant et poursuivis lentement mon voyage dans l'enfer blanc.

Je mis une heure pour arriver au centre-ville et je stationnai dans une rue très fréquentée et située non loin de l'immeuble. Après avoir actionné le frein à main, je sortis de ma coquille pour traverser une suite de congères. Ce qui devait arriver arriva : je finis par m'étaler cul par-dessus tête avant de gagner les marches dégivrées de l'escalier de l'immeuble. Je me relevai et je secouai la neige qui collait à mon pantalon ; puis, j'entrai pour aller au studio. Je marchai en boitillant le long d'une enfilade de couloirs sombres pour voir enfin briller le néon bleuté du studio 2000. J'étais rendue.

Je sonnai à la porte verrouillée et, de l'intérieur, quelqu'un activa le mécanisme pour me laisser entrer. Il ne restait que quelques minutes avant le moment de l'enregistrement. J'ôtai mon manteau avec lenteur, encore un peu sonnée par ma chute. Le technicien, un sosie de René Angelil, vint à ma rencontre. Il me salua de sa voix feutrée et m'expliqua qu'il fallait se dépêcher :

— On va commencer, France, vite, vite ! Il faut en finir parce qu'avec cette tempête, je ne pourrai pas retourner chez moi ! Vite, sinon, je vais devoir coucher dans le studio, tu imagines ?

J'acquiesçai et je pénétrai dans la pièce insonorisée où trônait la console de son ordinateur puis je saluai les deux coanimateurs de l'émission de généalogie : Robin et Aline. J'aurais dû comprendre tout de suite. Aline = Alice ! La traversée des miroirs ! Pourquoi ne suis-je pas ressortie de là en courant ? Mais non ! Naïvement, je souriais en pensant aux mariages de mes aïeux. Après tout, j'étais là pour parler d'eux.

— Comment vas-tu ? lança Aline en venant me serrer la main.

— Ah ! Enfin ! Te voilà, France ! Il neige à ce qu'on dit ? fit Robin, ironique. Je lui serrai la main aussi.

— On est rendu à quatre pieds de haut, mon cher, répondis-je en montrant le bas de mon pantalon encore enneigé.

— Sur les ondes, on va se vouvoyer, il ne faudrait pas l'oublier... fit Alice, prudemment.

— Comment allez-vous ? lançai-je à Aline en faisant un clin d'œil à Robin.

— Elle ne te connaît pas...

— Pas encore ! lançai-je à l'historien avec un immense sourire. Alors, jeune fille, je suis Faharance Bosivert et j'anime l'émission *Littéraland P.Q.* tous les samedis ; au fait, mon émission est diffusée tout juste avant la vôtre... Pour ma voix, ça va, comme ça ? demandai-je à René Angelil qui s'agitait derrière la vitre. Je mis les écouteurs pour entendre ce qu'il marmonnait.

— D'accord, fit Aline en prenant une note sur sa feuille de route. Si je me trompe...

— On fait un préenregistrement, alors, si ça dérape, on arrête tout et on réajuste le tir, répondit Robin en cherchant ses notes sur la famille Boisvert dans son porte-documents.

— C'est beau ! fit Aline, reprenant le contrôle de la situation. Et toi, René, ça va ?

De l'autre côté de la vitre, on voyait le double de René Angelil gesticuler. Même s'il s'appelait Thomas Laramée, tout le monde l'appelait René Angelil en raison de sa ressemblance avec l'imprésario de la célébrissime Céline. Je mis mon casque d'écoute pour entendre ce qu'il disait. René m'expliquait que mon micro captait mal ma voix et que cela créait une réverbération désagréable. Il fallait le placer différemment. Il quitta sa console d'enregistrement pour ouvrir la double porte, puis il vint ajuster correctement la perche articulée à laquelle le microphone était suspendu. Puis, ni vu ni connu, il retourna d'où il était venu.

On était enfin prêt à faire les tests de son et nous invitait à parler de n'importe quoi. Pendant que je bafouillais quelques propos insipides sur le printemps éternel de la Chine populaire, René fit les réglages et calibra ma voix. Pour sa part, Aline traita de la traversée de l'Atlantique au XIXe siècle par les Irlandais fuyant la famine à cause du mildiou décimant les champs des mangeurs de pommes de terre pendant que Robin me tendait une feuille de papier avant de retourner s'asseoir au troisième micro.

Je lus « Ascendance de France Boisvert ». Je l'en remerciai en ajoutant que j'avais bien hâte de connaître ce passé ancestral qui m'échappait complètement. Aline fut surprise de mon enthousiasme. Son commentaire m'étonna.

— Mais enfin, qui ne veut pas connaître ses origines ? dis-je, pendant que René faisait jouer le thème musical de l'émission dans nos écouteurs.

Alors que nous attendions la fin de la pièce, j'en profitai pour dévisager Aline, à la dérobée. C'était une jolie rousse aux yeux verts; elle semblait être un peu plus âgée que les grands adolescents auxquels j'enseignais depuis longtemps au niveau collégial. Quel âge pouvait-elle avoir ? Vingt-quatre, vingt-cinq ans ? Elle devait étudier l'histoire à l'université. Je me demandai si Aline allait me faire boire quelque élixir pour me faire rapetisser ou me rallonger ou si elle allait me présenter une Reine de Cœur jouant au criquet avec un Chat du Cheshire ou, encore, prendre le thé avec le Lièvre de Mars, voire quelque Chapelier d'une monarchie oubliée du royaume de l'envers…

Jusque-là, elle assistait docilement Robin, plus âgé, qui, dans un de ses courriels, m'avait dit poursuivre une thèse de doctorat sur Dieu dans une université des Cantons de l'Est. Vaste sujet. J'étais originaire de cette région et j'avais déposé mon mémoire là-bas, voilà plusieurs années. Cette information avait accru ma confiance en lui. Le temps d'attente s'acheva et je revins dans l'instant présent pour participer à l'émission. C'est fou ce que l'esprit voyage quand on sait qu'on sera en ondes. Je rassemblai mes idées sur le peu dont je me souvenais de mes grands-parents. Je repris la feuille que Robin m'avait tendue ; je parcourus rapidement mon arbre généalogique en y repérant une coquille que je signalai avant qu'on ne soit en train d'enregistrer. Robin m'avisa du fait qu'il expliquerait en ondes qu'il ne s'agissait pas d'une erreur de patronyme. Je fis « Ah ? » ; nous commençâmes. C'est ainsi qu'à la suite du poète aux semelles de vent, j'entrai *au royaume des enfants de Cham*.

ASCENDANCE DE FRANCE BOISVERT
Par Robin Wood — 17 janvier 2013

Estienne Tenevere + Anne Hayaut
Mariage : 1652 à Québec
/
Étienne Denevers Boisvert + Marie Jeanne Lemay
Mariage : 1684
/
Étienne Denevers Boisvert + Marie Anne Pichet
Mariage : 1720
/
Étienne De Nevers dit Boisvert + Marie Françoise Choret
Mariage : 1749 à Sainte-Croix de Lotbinière
/

Étienne Boisvert + Marie Joseph Alys
Mariage : 1774 à Baie-du-Febvre
/
Louis (Étienne) Boisvert + Marie Lucie Ouabert
dit Langlais
Mariage : 1814 à Lévis
/
Joseph Boisvert + Marcelline Bouchard
Mariage : 1848 à Lévis
/
Joseph François-Xavier Boisvert + Marie Lucie Fortier
Mariage : 1883 à Coaticook
/
Joseph Zéphirin Boisvert + Flore Eulalie Lafond
Mariage : 1910 à Sherbrooke
/
Paul-Henri Boisvert + Lucie Lavallée
Mariage : 1948 à Sherbrooke
/
Marie Marguerite France Boisvert
animatrice radio/Radio Québécoise

Au départ, Aline et Robin firent des blagues sur les hivers terribles qu'avaient traversés les Français du Nouveau Monde, devenus des Canayens et des Canadiens, fameux hivers dont ils avaient triomphé grâce au secours des Amérindiens. Ensuite, Robin me présenta et on aborda l'histoire probable de mes ancêtres français arrivés à Québec autour de 1650 pour ensuite se rencontrer et s'épouser en 1652. Mon ancêtre, Estienne Tenevere portait un patronyme qui deviendra De Nevers dit Boisvert. Il était né à Épernay, non loin de Reims, là où les évêques sacraient roi les princes de la noblesse depuis des temps immémoriaux. Cette ville avait subi les ravages de la peste et on peut imaginer sans peine que sa famille avait été décimée par ce fléau. En prenant la décision de quitter la ville qui l'avait vu naître, il avait fui la grande Faucheuse qui rôdait.

Alors, je fis allusion à un poème de José Maria de Heredia qui portait sur la découverte du Nouveau Monde. Ma mère me l'avait appris jadis alors que je n'étais encore qu'une enfant :

> *Comme un vol de gerfauts, hors du charnier natal*
> *fatigués de porter leurs misères hautaines*
> *de Palos, de Moguer, routiers et capitaines*
> *partaient ivres d'un rêve héroïque et brutal.*

Aline intervint pour insister sur le fait que, dans ma généalogie, tous les fils aînés de la lignée des descendants des Denevers portaient le prénom d'Étienne jusqu'au début du XIXe siècle. Robin expliqua qu'il s'agissait là d'une manière de rappeler l'importance du fondateur. À mon tour, je remarquai que cette coutume changea brusquement en 1814, puisque, à la suite du mariage de Louis (Étienne) Boisvert avec une dénommée Lucie Ouabert dit Langlais, le premier fils s'était appelé Joseph. Je pensai tout haut :

— Un Boisvert marié à une Ouabert ! C'est un vrai jeu de mots !

— Ne s'agit-il pas, plutôt, d'une personne de souche irlandaise ? Ou écossaise ? remarqua Robin en me lançant un regard comme si je connaissais la réponse.

— Mais cette Ouabert dit Langlais pouvait-elle être catholique aussi ? Je dis ça en raison du fait que son premier fils porte le nom de Joseph… continuai-je au micro.

— Alors, elle devait être Irlandaise, trancha Robin, sans l'ombre d'un doute.

— C'est la seule explication, fit Aline en hochant la tête. Puis elle présenta une pièce musicale d'un dénommé Boisvert, membre du groupe bien connu Les Trois Accords, *J'aurais voulu que tu seyes hawaïenne*.

L'autre partie de l'émission porta sur la découverte du chemin de fer où Robin fit valoir son érudition et moi, mes origines modestes, puisque mon arrière-grand-père y avait travaillé en tant qu'ingénieur de locomotive, titre ronflant pour désigner le conducteur qui réglait l'accélération et la décélération de l'engin circulant sur des rails. Grâce aux recherches de Robin, je découvris qu'un de mes ancêtres avait quitté la région de Baie-du-Febvre pour épouser, à Lévis, la dénommée Ouabert, née à Montmagny. Et que, de là, leur descendance avait fini par aller s'établir dans les Cantons de l'Est, à Coaticook où passait le Grand Trunk Railway (1852 à 1923) reliant Portland, dans le Maine, à Montréal, P.Q. Plus tard, un de leurs petits-fils, celui-là même qui deviendra mon grand-père, suivra leur trace et travaillera d'abord comme steward sur les grands trajets.

— Dites-moi, France, avez-vous de la parenté aux États-Unis?

— Non, pourquoi Robin?

— Au xixe siècle, Coaticook était une importante porte d'entrée aux États-Unis. Les protestants et catholiques y vivaient, passant d'un côté à l'autre de la frontière. Il y a même des cimetières protestants tout près, à Baldwin, où des familles du Vermont se sont fait enterrer, ce qui montre que la frontière, en tant que telle, a connu des fluctuations.

— Ah? Je n'étais pas au courant de ce phénomène...

— Quant à votre père, en devenant dentiste, on comprend qu'il n'a pas cherché à poursuivre la lignée des métiers reliés au voyage...

— Je ne sais pas trop quoi vous répondre, Robin, parce que, pour avoir eu des broches à l'adolescence, vous savez cet appareil dentaire qui a pour fonction de redresser les dents à l'aide de petits élastiques, je pense que la voie ferrée, hé bien... je l'ai eue dans la bouche quelques années durant, voyez-vous, oui. Comme tous les enfants de dentiste au demeurant, répondis-je laconiquement. Là-dessus, Aline éclata de rire. Robin annonça la fin de l'émission. Derrière sa console, René Angelil fit jouer le thème musical. Le récit inventé à partir de quelques repères généalogiques venait de se terminer.

Après l'émission, je saluai les artisans de ce moment radiophonique du tonnerre et je remis mon manteau, mes bottes, mes gants et mon chapeau pour retourner dans la tempête qui continuait à sévir sur Montréal. Après avoir déneigé l'auto, je démarrai pour retourner chez moi. Tout au long du retour, je me posais mille et une questions concernant mes aïeux, trouvant étrange la venue de cette Irlandaise dans la conversation qui, jusque-là, avait toujours roulé sur des descendants de Français de France. À ma connaissance, personne ne m'avait jamais parlé d'elle. Qui était donc Lucie Ouabert dit Langlais? Je me souvins alors que ma mère m'avait parlé d'une Amérindienne dans la famille. J'avais toujours pensé qu'elle parlait de sa propre famille et non de celle de mon père. J'arrivai sur ma rue et je vis une place déblayée par un tiers ayant quitté les lieux. Je réussis à m'y garer sans encombre. Cela fait, je remontai à l'appartement, décidée à lever le mystère de cette arrière-arrière-grand-mère.

Une fois chez moi, je me fis un chocolat chaud et j'allumai mon ordinateur. J'activai la connexion wifi et je me lançai sur divers sites de généalogie. Je trouvai une seule Lucie Ouabert dit Langlais, fille de Joseph Ouabert dit Langlais, lui-même fils d'un autre Joseph Philippe Ouabard, soit Weber, en anglais. Tiens, tiens, me dis-je. En persistant, je finirais bien par aboutir quelque part et trouver l'ancêtre dont il avait été question...

Si les Canadiens sont plus bavards sur ce genre de sites, les États-Uniens s'avèrent prolixes. Une généalogiste du Connecticut a exhumé plusieurs renseignements sur l'origine des Weber/Ouabard dans une très sérieuse monographie en deux volumes dont la première édition remonte à 1925. Intitulée *New England Captives Carried to Canada Between 1677 and 1760 During the French and Indian Wars*, Emma Lewis Coleman y traite des colons blancs faits prisonniers par les Abénaquis lors des guerres de territoires opposant les États-Unis aux différentes tribus occupant ce qui allait devenir la Nouvelle-Angleterre. Après une dizaine de réimpressions, l'ouvrage a été réédité en 2012 à Boston par la très distinguée New England Historic Genealogical Society.

Michael Weber, ancêtre de Lucie Ouabert dit Langlais, était de souche écossaise. Il avait quitté Édimbourg en 1681 assez tard dans sa vie, soit à quarante ans passés, pour venir se joindre aux contingents de fondateurs et autres pionniers du Nouveau Monde, sur les côtes du Maine. En 1686, après avoir épousé Deborah Bedford, de vingt-cinq ans sa cadette, Michael Weber fonda une famille et s'établit à Falmouth, village à partir duquel s'est ensuite développé Portland. En 1703, l'Écossais comptait dix enfants quand le raid eut lieu. Il faut savoir qu'au tournant du XVIIe siècle, la variole, ou petite vérole, avait décimé des milliers d'Amérindiens contaminés lors de l'installation des Français. Les Anglais, Écossais et Irlandais en firent autant, spoliant le Nouveau Monde de leurs microbes.

La petite vérole, funeste *small pox*, était une maladie contagieuse qui avait pris des proportions épidémiques et elle se répandit rapidement dans toutes les populations amérindiennes. Après incubation, les personnes atteintes avaient une poussée de fièvre, des frissons, des nausées et des maux de tête avant d'être couverts de pustules sur tout le corps ; ils succombaient quelques semaines plus tard en d'atroces souffrances. Les Amérindiens réagirent et, pour suppléer aux enfants emportés par la terrible maladie, ils partirent au sud pour enlever les enfants des Blancs qu'ils adoptaient par la suite afin de remplacer les leurs.

Selon Emma Lewis Coleman, en 1703, quatre enfants de Michael Weber et Deborah Bedford furent kidnappés par les Abénaquis lors d'une attaque. Les rivières et autres cours d'eaux étant les autoroutes de l'époque, ils furent ensuite amenés par canot à Montmagny. Les captifs furent reçus dans une famille d'Indiens qui en prit soin et les adoptèrent. Quant à Deborah et aux six autres enfants, ils périrent assassinés. On imagine que la bataille fut rude et sanglante. *The local historian said that Michael Weber's wife with six children on her side was barbarously killed at Purpooduck in 1703*, peut-on lire dans une petite note en bas de page. Par la suite, Michael Weber partit à Gloucester pour se construire une maison où, aussi stoïque qu'infatigable, il vécut jusqu'en 1729, soit jusqu'à l'âge de 90 ans.

Selon un autre chercheur, le dénommé Joseph Philippe Ouabard, retrouvé à Montmagny, aurait été converti et baptisé par un missionnaire jésuite nommé M. Bazert. Il aurait ensuite été vendu (ou cédé ?) par les Indiens à une personne de la noblesse, Dame Vincelotte, qui avait un moulin à grains sur sa seigneurie. La dame exigea que mon ancêtre abjure sa religion pour devenir catholique ; cela fait, on francisa son nom. C'est ainsi que Joseph Philippe Weber devint Ouabard en 1706, et sa descendance Ouabart, Ouabert ou Wabert dit Langlais. Son nom figure dans les registres catholiques où l'on a inscrit les moments importants le signant : son baptême, son mariage (1725) à Charlotte Guillet et ses obsèques (1756). On peut facilement imaginer qu'il épousa une exquise Abénaquise, alla communier en sa charmante compagnie tous les dimanches, et qu'ils fondèrent à leur tour une famille dont les enfants survécurent, puisque je suis, entre autres, l'une de leurs descendantes. Je compris avec stupeur que, dans mes veines, coulait du sang mêlé provenant de trois sources : la souche française, l'écossaise et l'amérindienne.

Survoltée, je pris l'album photo de ma famille et je commençai à le feuilleter. Je remarquai que, sur la plupart des plans, mes sœurs et moi portions un kilt écossais et que chacune arborait un tartan différent ; quant à mon frère, tout comme mon père, sur sa chemise se détachait, flamboyante, une cravate à carreaux. Je repris l'exercice pour chercher des signes d'appartenance à la nation abénaquise quand je remarquai les cheveux noirs et bien raides de deux de mes sœurs, l'une aux yeux noirs, l'autre aux yeux clairs... Chacun des membres de ma famille incarnait une part de ces métissages ancestraux ayant présidé au développement des peuples déchirés par les guerres coloniales et autres phénomènes inhérents aux premiers établissements en Amérique.

Tout concordait. Mon incapacité à absorber l'alcool s'expliquait enfin. Avant la venue des Européens, les Amérindiens ne connaissaient pas les boissons alcoolisées. Ils ne savaient pas aussi que, dans l'Ancien Monde, certaines maladies contaminaient l'eau, une eau qu'il ne fallait boire sous peine d'attraper la mort. Et, comme les Amérindiens, je n'avais pas le gène ADH.

Là-dessus, je décapsulai une eau pétillante et m'en versai un verre pour mieux savourer cette nouvelle théorie explicative. Je venais de mettre fin à des années d'incompréhension. Joie. Quand j'étais jeune, je ne pensais qu'à quitter ce pays pour aller m'établir ailleurs. Je rêvais d'Australie, de voyages sans retour, hantée par l'appel des migrations ancestrales.

Je restai un long moment à résumer l'ensemble de mes trouvailles. Le pool génétique avait fait en sorte que je sois pourvue d'une peau de rousse, mais ma constitution comportait aussi des caractères amérindiens qui n'étaient pas nécessairement visibles; et comme mes ancêtres français, j'éprouvais un amour irrépressible pour les voyages; depuis toujours, j'étais animée par un esprit de découverte. J'aimais aussi les tartans colorés et, depuis toujours, je ressentais un certain malaise à l'égard des religions.

Incapable de réprimer mon enthousiasme, je sautai sur le téléphone pour communiquer la nouvelle à ma sœur aînée dont la blondeur et le visage tavelé de taches de rousseur ne laissaient aucun doute sur ses ascendances écossaises. Elle m'écouta gentiment, puis elle me dit:

— C'est vraiment une bonne histoire, France!

— Tu trouves? Mais, enfin, c'est notre histoire!

— Oui, oui! Et tu peux être sûre que je vais y penser! Je n'oublierai pas ça de sitôt! Des Écossais et des Indiens... Franchement, tu m'épates!

Là-dessus, elle raccrocha en riant, comme si je lui avais résumé un roman. Autant être une autre.

Dent

La monarchie n'est plus ce qu'elle était.

SIMONE S'IGNORAIT

Ma chère sœur,
J'ai bien reçu l'album de bande dessinée que tu m'avais promis. Quand je suis arrivée devant chez moi, j'ai monté les marches en courant et j'ai pris ton paquet ensaché dans une enveloppe à bulles frappée au sceau de sa Majesté, charmant cadeau qui dormait sur le pas de la porte, ô ma sœur, tu ne sais pas la joie que j'ai eue! Tout de suite, je m'en suis saisi pour aller lire. Et j'ai passé la soirée à m'esclaffer en une suite de petits rires qui, tour à tour, vinrent relancer douleurs, élancements, lancinations puis longtemps encore j'ai senti leurs longs échos me tenailler jusqu'à plus rien, pendant que moi, je m'absorbais comme jamais dans les petits dessins qui valent mille maux.
J'arrivais de chez le dentiste après avoir passé deux heures sur la chaise. Deux heures de temps à tuer, étendue de tout mon long sous les lampes à chercher de joyeuses pensées pour supporter le difficile comme chantait le grand Félix qui faisait rimer difficile *avec* l'tour de l'île, *alors que moi, les yeux fermés, infiniment petite dans la béance d'un univers sans Dieu, j'étais réduite à pelleter des nuages dans l'officine aux outils qui cillent, qui vrillent et qui vous hantent. Moi, immobilisée, insigne chose devenue bouche ouverte, à bâiller aux corneilles, petites lèvres gelées à force de piqûre, anesthésiée avec, en prime, un aspirateur*

à salive accroché à la mâchoire inférieure. Je ne méritais pas cela ni rien au demeurant sinon la paix, la paix, la sainte paix, et, bien sûr, je n'ai rien dit à maman.

Je me suis surprise à rêver aux beaux jours où, lèvres enduites d'un film oléagineux au menthol, je me pavanais sur un air de jazz, celui des sœurs Labèque emportées par An American in Paris *de Gershwin, claviéristes de génies dont la touche exsangue glissait dans l'air comme d'autres sur les pentes givrées, les glaces gelées, dents blanches ourlées de rire alors que moi, émoi, je vagissais, pantelante, comme une cause devant les tribunaux, lasse, à attendre, tout ce temps à jamais perdu, et cette fente sanguinolente où la molaire s'enclavait dans un sabot d'acier trempé, moi, grand guignol aux pensées écarlates, écartelées sur la chaise froide et roide. Toute cette peine pour remplacer la coiffe craquelée d'une molaire dont la tête couronnée a volé en éclats. Les révolutions ne sont pas toutes françaises ou tranquilles.*

Maudit métier que celui d'être dentiste. Pauvre papa.

Effe Bée

Kafka

À Robert Lévesque

J'avais huit ou neuf ans et je suivais des cours de piano dont le meuble élégant siégeait au salon. Or, le jour même où ma mère attendait la livraison d'une grande toile pareillement intitulée, *Le château* de Kafka avait été retiré des rayons de la bibliothèque pour trôner sur la table à café du salon.

Je me souviens de la grande fête que suscita l'arrivée du tableau. Mon espace de musique se trouva chamboulé par l'arrivée de mon frère, ma mère, mon père et mes trois sœurs qui, une fois l'œuvre suspendue au bon endroit, s'extasièrent, en riant et en tapant des mains, en proie à une grande excitation et participant chacun chacune à la célébration de l'événement.

Sur la grande toile, je voyais un bâtiment noir surmonté de tourelles, une construction lourde et massive, gothique pour tout dire ; or, mille couleurs en émergeaient par des meurtrières disséminées un peu partout. Au-dessus du château, le ciel s'enluminait de flamboyantes aurores boréales.

En silence, je regardais longuement la toile, puis le titre du livre, indécise, passant de l'un à l'autre, me demandant sans fin si ce château était en feu ou s'il n'était pas plutôt le théâtre de quelques fabuleuses festivités célébrées par des feux d'artifice dignes des dieux.

Des années plus tard, quand mes parents cassèrent maison, ils rendirent la toile à son auteure, l'amie d'une de mes sœurs qui, entre-temps, était devenue médecin spécialiste en radiologie.

Depuis, j'ai lu le roman de Kafka qui m'a laissée sur sa fin. Je continue à chercher ce qui s'est réellement passé au château bien que j'en aie une petite idée. Au fond, ce K., c'était moi.

Clavier

Peu de gens savent que je dessine. Chez moi, j'ai plus de cinquante cahiers de dessins empilés dans des caisses qui se sont accumulées au fil du temps, sans parler de toutes les autres esquisses sur feuilles volantes que je conserve dans un portfolio.

Très tôt, j'ai découvert que je pouvais exprimer ce que je n'arrivais pas à formuler. Plus tard, à l'âge adulte, je montrai quelques cahiers à une amie ayant fait des études de psychologie. Elle me dit qu'il y avait probablement là des messages codés. Elle prit un des cahiers, le feuilleta et s'arrêta sur un dessin qu'elle commença à « lire », c'est-à-dire à interpréter. Sa manière d'associer les symboles pour en dégager une signification faisait en sorte de rendre compte d'une vie plus profonde dont je n'avais jamais pris conscience, une vie parallèle que je n'avais même pas imaginée.

À partir de ce jour, j'essayai de décrypter mes dessins comme autant de desseins, m'inspirant de l'interprétation des rêves qui, chez Sigmund Freud, joue un rôle important dans l'élucidation de la vie intérieure. J'en vins à étudier la sémiologie, la science des signes, afin de pouvoir lever le voile sur les mystères composant ces années de travail de l'encre sur le papier, en espérant trouver les clés me permettant de capter ces signaux qui ne m'étaient pas encore parvenus puisque, en soi-même, il existe un principe de résistance venant empêcher la libre circulation des messages entre le conscient et l'inconscient, comme s'il y avait une instance venant contraindre les deux hémisphères cérébraux, un douanier faisant en sorte que chacun vive dans son propre dialogue de sourds.

Je pense que ces cahiers de dessins sont l'équivalent des journaux intimes que tiennent plusieurs écrivains. Parfois, j'ouvre une boîte pour voir si les traits et les figures me parlent, mais, la plupart du temps, je les laisse prendre la poussière afin que l'oubli fasse sa marque. On peut aussi tenir un cahier d'écriture, mais je ne suis jamais arrivée à rédiger mon journal intime plus de quelques jours tant la réalité m'apparaît frivole ou fluviatile dans l'entrelacement des événements s'écoulant les uns à la suite des autres dans un ordonnancement sans queue ni tête. L'existence est incohérente, par définition. On met une vie à la remettre en ordre pour produire du sens en rangeant ses papiers, ses idées, en tenant un agenda et des calendriers, jusqu'au jour de notre mort. *Amen.* L'inconstance reste notre lot.

Il me vient en mémoire un passage de *Phèdre* de Jean Racine où Thésée, figure paternelle incarnant la raison, prévient la jeune Aricie de l'hypocrite Hippolyte :

J'entends : il vous jurait une amour éternelle.
Ne vous assurez point sur ce cœur inconstant ;
Car à d'autres que vous il en jurait autant.

Comment croire à l'amour éternel quand le cœur s'affole ? Je n'ai jamais aimé les tragédies raciniennes ayant assez de mes propres drames. La catharsis, très peu pour moi. Au final, j'ai beaucoup dessiné, beaucoup aimé et peu écrit. Voilà qu'à cinquante ans passés, je reprends le crayon et ma boîte de couleurs.

Ce matin, j'ai dessiné un petit clavier de piano pourvu de sept touches noires et de dix blanches, un clavier qui tient aussi de la boîte de chocolats. Après réflexion, j'ai pensé que les sept notes noires surplombant les blanches représentaient autant de cercueils dont l'ensemble, enserré dans une cassette de bois, avait été exhumé de terre pour s'ouvrir depuis l'inconscient. Derrière une apparence bonbon, la Mort avait fait son lit pour me parler.

Le piano devenu allégorie de la fin apparut probablement au moment où je partis de la maison, soit quand je cessai d'en jouer à l'âge de dix-huit ans. Je suis entrée dans le silence. Je me souviens que, plus tard, une de mes sœurs s'empara de l'instrument de musique. Elle le vendit prétextant avoir besoin d'argent. Elle fit la même chose avec la collection de timbres de notre grand-mère, en arguant toujours le même motif. Je n'ai jamais su ce qu'il en était vraiment de ses besoins financiers. Cela m'est toujours apparu étrange et j'ai longtemps pensé qu'elle voulait me priver du piano, me l'arracher à jamais.

Pourtant la musique est restée en moi, telle une blessure dont j'ai pourtant essayé de guérir en écrivant de la poésie sur un clavier électronique. Pour remplacer les sons, je créais des images avec des mots lumineux et les fixais en les tapant sur les touches qui produisaient des cliquetis. Maigre consolation qui ne rendra jamais la profusion des sonorités dans les gestes des doigts, des mains et du corps imprégné de musique. Même dits à voix haute, les mots n'ont jamais rendu la sensualité des sons perdus à jamais.

Quand mes parents ont cassé maison, ma mère a sorti des garde-robes et des placards situés aux quatre coins de la maison tout ce que la famille avait emmagasiné durant près de trente ans. Méthodique, elle en avait dressé l'inventaire et décidé de mettre les surplus à l'encan. Pour ce faire, elle avait contacté un commissaire-priseur qui liquiderait tout ce qu'aucun d'entre nous, ses enfants, ne voulait emporter. Je m'en souviens comme si c'était hier.

La maison avait l'air d'un magasin d'antiquités. J'avais vingt-quatre ans. Je me revois circuler muettement entre les tables garnies de vaisselle et de vêtements, vestiges d'un temps que moi, étant la cadette, je n'avais jamais connu. Cette abondance d'objets, de verreries, d'argenterie et de boîtes de photographies surannées m'avait donné le tournis. Dans un élan irrépressible, mon frère avait dit vouloir tout prendre ce qui restait. Ce désir insensé était impossible à assouvir. C'était après son enfance révolue qu'il criait. Quand le camion de l'encanteur arriva, suivi de son équipe de brocanteurs, je vis les employés bourdonner de la cave au grenier afin de remplir l'énorme benne pour enfin repartir à basse vitesse après une longue journée de chargement.

Pour ma part, j'avais choisi le mobilier de la bibliothèque, ses grandes étagères d'acajou, ainsi que la table et les chaises de même essence venant compléter l'ensemble de la salle de lecture. Je pris aussi quelques livres dont *L'autre monde ou Les États et Empires de la lune* suivi des *États et Empires du soleil* de Cyrano de Bergerac dont le vieil exemplaire était inséré depuis toujours dans une couverture de maroquinerie, comme s'il s'agissait d'une œuvre dont il eut fallu cacher le titre.

J'ai compris récemment, soit plus tard, toujours plus tard, que cette couverture était plutôt destinée à recouvrir un exemplaire du *Kama Sutra* que mon père cachait dans un de ses tiroirs et que, par hasard, je découvris un jour où j'aidais ma mère à faire la lessive. En allant porter des chaussettes propres, j'ouvris les tiroirs de sa commode et j'y vis le livre à couverture blanche. Par curiosité, je l'ouvris et j'y vis d'étonnantes positions sexuelles permettant d'atteindre le coït à la suite de l'éveil du *Kundalini*. Sans mot dire, je remis le livre en place, les chaussettes à la leur et je retournai dans la salle de lavage sans dire un mot à ma mère. C'était leur secret après tout. À ma mère qui me trouvait un drôle d'air, je dis simplement que je ne savais pas qu'ils faisaient du yoga. Ma mère ne releva même pas les yeux. Il y avait tellement à faire dans cette maison.

Parmi les autres livres que j'ai laissés, un titre me fascinait pourtant… Il s'agissait du *Voyage autour de ma chambre* du comte Xavier de Maistre. Quel titre ! Plus jeune, quand je l'avais lu, inspiré par l'idée, j'étais même montée dans ma chambre pour en faire le tour afin de me moquer en prenant les mots au pied de la lettre. Enfant, je me passionnais davantage pour la mythologie, l'anthropologie et l'histoire. J'ai donc voulu prendre les ouvrages de Mircea Éliade, mais une de mes sœurs était passée avant moi, sinon mon frère. Ensuite, j'ai cherché le roman *La petite fille d'en face* de Geneviève Duhamelet, une histoire empreinte d'abnégation dont j'ai oublié la trame précise, hormis ce personnage central d'une fillette malade aux cheveux roux qui résidait dans une maison auprès d'une vieille dame alitée. Du plus loin que je m'en souvienne, le roman s'ouvrait sur la fête des Rois, et la manière dont l'auteure avait dépeint la cérémonie m'avait laissée songeuse. Les personnages s'exprimaient en une langue châtiée qui ne collait pas à la spontanéité des enfants que je connaissais. Les petits Français espéraient trouver un pois sec dans une part de brioche. Ils cherchaient à réaliser un vœu alors que chez nous, on cherchait surtout à se coiffer de la couronne du roi et de la reine.

Une rapide recherche sur internet m'a conduite sur le site de l'Académie française où j'appris que Geneviève

Duhamelet, l'auteure de ce roman pour enfant, avait obtenu en 1959, l'année de ma naissance, le prix Alice-Louis Barthou pour l'ensemble de son œuvre. Sur la notice, on précise le montant de la bourse qui lui a été alloué : 12 500 francs. Rien de plus, sinon qu'il s'agit là d'un prix de littérature et de philosophie attribué annuellement et destiné à une femme de lettres françaises. D'après les autres titres de l'auteure, cette femme était assurément une catholique de droite versée dans les pieuses hagiographies. Qui avait pu faire entrer ce livre chez nous, sinon ma bonne grand-mère qui veillait sur mon éducation ?

Ah ! Mère-Grand ! Avant de nous quitter, elle nous avait laissé son autobiographie où, adolescente, elle faisait des vœux qui ont plus à voir avec ceux d'une tête forte qu'avec ces Canadiennes françaises telles qu'on les dépeignait au début du XXe siècle :

> *J'avais décidé de ne jamais me marier,*
> *de ne pas devenir une religieuse non plus et*
> *d'être libre de faire ma vie à ma guise.*

Quel personnage ! Et cette vie-là, c'est moi qui la mènerai soixante ans plus tard, portée par cette promesse intenable pour une femme de son époque. Ne m'a-t-elle pas offert *La petite Fadette* de George Sand quand j'eus dix ans ? J'ai mis des années à comprendre qu'elle refoulait le désir d'être écrivaine. N'ayant pas vu le don de l'écriture s'incarner chez ses propres enfants, grand-mère chercha à voir émerger une destinée d'auteur chez l'une de ses propres petites-filles. Ma mère me dit un jour qu'elle avait correspondu longtemps avec une femme journaliste qui signait du pseudonyme de Fadette, dans les pages féminines du *Devoir* ; or, cette femme n'était nulle autre qu'Henriette Dessaules.

Ma grand-mère poursuivait la quête d'un accomplissement qui, chez elle, n'avait jamais abouti à la hauteur de ses espérances. L'une de mes sœurs a d'abord été religieuse ; une autre, femme de théâtre, scénariste et romancière ; une autre, encore, a fait des études en psychologie, théologie et littérature anglaise. Quant à mon frère, véritable *self-made-man,* il s'est lancé dans la bande dessinée avant de devenir peintre scénique au cinéma. Ma sœur écrivaine a publié un roman pour lequel on lui a décerné un prix dans les Cantons. Finalement, on l'aura compris, je n'étais pas obligée d'écrire puisque la volonté de notre aïeule s'était enfin réalisée. J'écris donc pour moi seule, délestée de toute contrainte.

Quand je suis partie de la maison familiale, je n'avais pas grand-chose. Sinon mon fils entre les bras. Je suis passée de l'aisance à la pauvreté de façon abrupte. Personne ne connaît le dénuement dans lequel j'ai vécu plusieurs années en tant que parent solo. Je me suis demandé souvent comment j'avais fait pour ne pas flancher. J'ai créé ma vie de toutes pièces, avec beaucoup de presque rien, et de là, pas à pas, avec ce peu, j'ai roulé ma bosse jusqu'à aujourd'hui où je vis convenablement.

J'ai soutenu une thèse, obtenu un doctorat et mon fils est devenu ingénieur et médecin. Finalement, c'est mon père qui aurait été content, lui qui avait tant voulu devenir docteur. Quand il étudiait à la faculté de médecine, son propre père a été emporté par un foudroyant cancer. Mon père en était à sa deuxième année d'études. Faute d'argent, il dut opter pour la dentisterie dont le cours prenait moins de temps. Pour payer ses études, le soir, il lavait la vaisselle dans un restaurant de la rue Sainte-Catherine. Je me souviens que, dès qu'il eut mis un peu d'argent de côté, il l'employa à défrayer le coût d'un lave-vaisselle.

Toute sa vie durant, il pesta contre ce métier d'arracheur de dents où, chaque jour, il voyait gicler le sang et sa blouse blanche se tacher, comme si devenir médecin eut été plus propre. De fait, la médecine était plus lucrative et, en cela, plus prestigieuse. Malgré tout, cela ne l'empêcha pas de réussir dans son domaine, d'avoir une clientèle fidèle lui permettant d'acquérir une grande maison entourée d'arbres, dans le quartier nord, le quartier chic, et cinq enfants artistes, habités d'une révolte incompréhensible, un esprit de désobéissance qui le laissa pantois souventes fois, une affliction infinie, tout au long des années soixante-dix.

Pour remplacer le piano perdu, j'ai volontairement transformé la musique en mots pour écrire de la poésie et des fictions. Je me suis ingéniée à penser que l'euphonie comblerait la perte de la puissance sonore du beau meuble de bois. Mais, aujourd'hui, le clavier que j'ai dessiné sur papier ordinaire me rappelle que j'ai fait plusieurs deuils à l'égard des miens, des deuils qui me reviennent en mémoire de la même manière qu'une ritournelle oubliée se fait entendre en ouvrant la boîte à musique qu'on croyait avoir égarée. Une fois retrouvée, la musique surgit telle une mémoire enfin recouvrée.

Le piano était l'élément central du liant qui animait ma famille en raison du fait que celle qui en jouait avec virtuosité et sensibilité était ma grand-mère, la seule aïeule qui nous restât et qui, en cela, incarnait la voie. Quand j'étais petite, elle restait avec nous à la maison. De fait, sans cette femme, je serais sans doute morte puisqu'on m'a raconté que, peu après ma naissance, j'avais attrapé une coqueluche qui dégénéra en pneumonie. Ma mère et ma grand-mère se relayèrent plusieurs nuits pour me bercer durant cette maladie qui faillit m'emporter. Qu'avaient-elles combattu ?

Le terrible virus qui s'incrustait en moi ou mon refus de vivre, en raison du pressentiment selon lequel ma vie serait si difficile?

Quoi qu'il en soit, grand-maman avait sa propre chambre et menait une vie parallèle, un peu en marge de la nôtre. Ne prenait-elle pas le thé à quatre heures quand l'une de ses sœurs venait la visiter? Sa présence ajoutait une touche particulière à l'ordinaire pragmatique mis en place par ma mère formée à l'école des infirmières. J'ai découvert que ma grand-mère écrivait des poèmes. Elle tambourinait délicatement avec ses doigts sur sa table de travail pour faire le décompte des pieds de ses vers. Au soir de sa vie, la vieille dame se plaisait à écrire des sonnets sur des thèmes romantiques. Elle lisait aussi les grands auteurs de l'époque: Mazo de La Roche, cette auteure canadienne devenue célèbre pour sa série *Jalna*, et le prolifique Henri Troyat élu à l'Académie française en 1959.

Grand-mère suivait aussi l'actualité dans les journaux, prenait position dans les débats politiques, bref, maintenant que ses dix enfants étaient élevés, mariés ou entrés en communauté religieuse, elle menait la vie d'une intellectuelle évoluant dans la maison bourgeoise d'une de ses filles bien mariée. À ce chapitre, elle comptait un fils prêtre, une religieuse, et sa cadette avait prononcé ses vœux perpétuels dans l'ordre monastique des Bénédictines. N'eût été la présence de cette femme intelligente, créative et cultivée qui nous relançait par des réparties aussi fines que joyeuses, mon enfance aurait assurément été plus fade.

Je pleure mes morts, ce matin. Or, puisque j'ai dessiné sept notes comme autant de cercueils, dois-je en conclure que je pleure autant de personnes dont je serais endeuillée? Bien sûr, il y a le deuil du grand amour que j'ai dû faire à dix-neuf ans quand je me suis retrouvée seule avec un enfant à naître. Cet amoureux qui m'a abandonnée enceinte m'a causé un chagrin auquel j'ai mis fin en accouchant d'un fils. Je me suis dissociée et c'est ainsi que la nouvelle maman a consolé l'amoureuse éplorée. Ce dédoublement de personnalité a permis que je survive à l'abandon. Je me souviens du jour où j'ai pris ma décision. Je me suis dit que ce n'était pas son refus de la paternité qui allait conditionner mon choix de devenir mère. Ce faisant, j'avais accédé à l'état de parent. Après la mort de ma grand-mère, voilà le deuxième deuil qui coïncide avec mon départ de la maison sous le regard désolé de mes parents.

Le fait d'être ce que, dans *La fille du puisatier*, Marcel Pagnol appelait une «fille perdue», ou une «fille-mère» dans le Québec encore imprégné de duplessisme, engendra une kyrielle de désagréments. Des filles de mon âge se moquèrent; depuis, la plupart d'entre elles ont divorcé. Il y en a même une qui m'a annoncé sa séparation en disant: «Tu vois, je suis comme toi maintenant!» Cela montre combien elle s'était sentie supérieure par le mariage. Il y a fort à parier que les filles de ma génération étaient encore aliénées par cette institution et qu'elles croyaient se voir accorder une plus-value en se greffant juridiquement à un homme. Notre société était ainsi faite qu'elle privilégiait certaines plus que d'autres.

Mais revenons au dessin: j'ai reproduit le clavier d'une octave dont les deux premières touches noires correspondent aux do et ré dièse; viennent ensuite les trois autres touches noires: *fa* dièse, *sol* dièse et *si* bémol. Est-ce à dire que le départ de la maison est un *mi* bémol ou le *ré* dièse de l'échec amoureux, double de cet enfantement impromptu? Possible... Par la suite, il y aurait trois autres deuils et, enfin, deux derniers, plus récents.

Pour les deux derniers, je puis identifier la mort de mes parents.

À quelle touche noire associer la mort de mon père, sinon le deuxième *do*, *ut* comme dans *out*, situé à l'octave du premier? Son décès survint en avril 1996 à la suite d'un cancer foudroyant alors que je devais passer le sacro-saint examen général de doctorat. Je me souviens avoir reçu les trois questions les yeux noyés de larmes et c'est en pleurs que j'avais retranscrit à la machine à écrire les dix pages de chacune de mes réponses. La douleur physique était telle que j'avais l'impression d'avoir un couteau planté au cœur du plexus solaire. Il fallait être fou pour exiger que je passe cet examen en même temps que je surmonte ce deuil. Par la suite, j'ai changé de directeur; j'ai transmuté le bémol en dièse en soutenant ma thèse avec succès deux ans plus tard.

Dix ans après, ma mère a été emportée par la maladie d'Alzheimer. Sa mort est survenue au moment où j'occupais des fonctions syndicales. J'étais à la fois vice-présidente et agent de grief; bref, je défendais les droits de centaines de mes collègues. Je devais à mon tour occuper un rôle de «mère» au sein de l'institution. Elle est décédée en hiver. L'infirmière en chef qui avait tenu la famille en ordre n'était plus qu'un petit être recroquevillé et couché en position fœtale dans l'unité des soins palliatifs qu'une aide-soignante surveillait, de loin. Une de mes sœurs m'a donné un coup de fil. Notre mère se mourait. Je suis partie dans la nuit avec mon fils qui conduisait l'auto. Nous avons fait le trajet de Montréal à Sherbrooke en silence. Une fois à l'hôpital, nous nous sommes assis à ses côtés. D'une voix douce, j'ai raconté à mon fils les plus belles actions qu'elle avait accomplies durant sa vie: son dévouement en tant qu'infirmière, son abnégation pour la famille, ses voyages en France, en Grèce et aux États-Unis. Ma mère avait aussi suivi des cours de traduction et je l'aidais à repasser la matière avant ses examens. Inlassable, j'ai raconté sa vie à mon fils une partie de la nuit. Je l'ai accompagnée le plus loin que j'ai pu dans son voyage ultime et elle est décédée cette nuit-là.

Au milieu du clavier dessiné, trois cercueils anonymes attendent encore d'être identifiés. Ils correspondent sans doute à une partie en voie d'effacement, sinon de recouvrement de ma mémoire. On pourrait penser à l'époque où j'ai commencé à travailler. J'ai vécu plusieurs déceptions dont, en premier lieu, le deuil de l'idéal et, sans doute, aussi, la découverte de l'envers de la médaille dans une profession gérée par des fonctionnaires ayant laissé se déliter la culture et la littérature française dont j'avais hérité de ma famille. À moins que cela ne soit associé à d'autres personnes. Je cherche sans trouver.

Quelle musique étrange a surgi de ce clavier enserré dans une boîte imaginaire, un samedi soir, entre le moment où j'ai ouvert mon cahier à dessin sur une page blanche et celui où ma plume s'est animée ! Bien sûr, j'ai ma petite idée au sujet de ces trois notes qui persistent à se taire. Trois. Triangle. Trinité. Trilogie. Trident. Il faut beaucoup de temps pour faire parler un dessin. Ne précipitons rien. J'y reviendrai plus tard. Dans quelques années. J'ai encore beaucoup de temps pour m'en rappeler, ou pour continuer à l'oublier.

Générique

Le mythe familial veut qu'ils se soient rencontrés en salle d'opération. Mon père était chirurgien-dentiste et ma mère, infirmière. J'ai souvent cherché à reconstruire la scène de leur rencontre inaugurale : vêtus de sarrau blanc, chacun porte un masque cachant sa bouche et son nez. Leurs cheveux sont maintenus sous un bonnet de toile bien serré. L'anesthésiste s'éloigne après avoir endormi le patient. Mon père s'approche et prend des dispositions pour déloger une dent incluse dans la gencive. Une infirmière filiforme l'assiste et lui tend un scalpel ; leurs yeux se croisent au-dessus du type anesthésié, la bouche grand ouverte. Leurs yeux se croisent. Et... tilt ! Les lumières vacillent. L'un et l'autre s'agitent et craignent la panne d'électricité, mais il s'agit d'autre chose. Mon père laisse entendre un petit rire. Ma mère pousse un soupir de soulagement sous son masque chirurgical. Alors, professionnel, mon père se lance dans l'opération. Ma mère revient à elle et prend un tampon d'ouate. Le sang gicle. Elle l'éponge. La dent incluse est extraite. Points de suture. C'est l'amour fou. Je nais onze ans plus tard, après les autres.

Dans ce contexte, il était tout à fait normal que je développe une conception clinique de l'existence. D'ailleurs, très tôt, je me suis mise à penser que les gens étaient comme des médicaments, c'est-à-dire qu'ils produisaient les mêmes types d'effet. J'ai grandi entre les *Fables* de La Fontaine, le *Larousse médical* et le *Compendium des produits et spécialités pharmaceutiques* truffé de posologie, d'avis favorables et de contre-indications. Dans mon enfance, je considérais que certaines personnes amélioraient l'ordinaire par leur présence bienfaisante tandis que d'autres empoisonnaient littéralement la vie de chacun, jour après jour, parfois même, jusqu'à ce que mort s'ensuive. À bon chat, bon rat, me dira-t-on. Et l'on n'aurait pas tort...

Cela dit, à quatre ans, j'ai participé à un événement qui a secoué le monde. Tous les jours, à seize heures, j'écoutais les émissions pour enfants à la télévision de Radio-Canada sous la supervision de ma grand-mère. Si elle acceptait de bonnes grâces les facéties de Monsieur Surprise et ses chansons poétiques, par contre elle trouvait Fanfreluche fanfaronne ; quant au duo Grujot et Délicat, les compères le pirate Maboule et son second, Loup-Garou, et aux amies Marie Quat'Poches et Naphtaline, le cerveau lent de *La boîte à surprise*, il ne fallait même pas lui en parler. C'était là des personnages sortis tout droit des esprits hallucinés qu'une jeune fille de bonne famille n'eut pas dû fréquenter. Ma grand-mère était une femme cultivée, organiste remarquable lors de grandes célébrations religieuses et pianiste à ses heures. Selon elle, l'étude de la musique était plus formatrice que cette boîte à images qu'on nommait « le petit écran ».

Un après-midi de novembre, je voulus assister à la diffusion de mon émission préférée. Le climat était un peu tendu à la maison. Ma mère faisait des secrets plus souvent qu'avant ces derniers jours. Elle disait aux aînés des choses qui ne se disent pas aux enfants. Alors, j'allai docilement m'asseoir dans la salle de séjour en compagnie de ma grand-mère. Qui ne se souvient pas de Bobino, ce grand frère incarné par le comédien Guy Sanche qui portait un chapeau melon et une marguerite à la boutonnière d'une veste rapiécée aux coudes ? À ses côtés, dans une maison de carton, vivait sa petite sœur Bobinette, une marionnette aux nattes bien jaunes, animée par quelque inconnue à la voix de crécelle. Toutefois, on diffusa plutôt une émission spéciale. Je ne comprenais pas. C'est ainsi que j'assistai en direct aux obsèques de John F. Kennedy, président des États-Unis assassiné trois jours plus tôt. Alertée, ma mère vint s'asseoir auprès de moi, les yeux grands, les lèvres pincées ; quant à ma grand-mère, elle se demandait si je devais regarder cet épisode de la réalité. Finalement, j'ai tout vu : le drapeau étoilé recouvrant le cercueil, les militaires au garde-à-vous, Caroline et John John portant des gants blancs et faisant le salut militaire aux côtés de Jackie, leur mère, la douleur sur tous les visages noirs et blancs, la stupeur en gros plans sur le monde en état de choc. Je me mis à pleurer.

Remarquant combien la cérémonie m'affectait, ma mère coupa d'abord le son, puis elle ferma prestement le téléviseur pour me renvoyer à mes poupées, mes crayons Prismacolor, mes tasses de thé ; quant à sa propre mère, elle l'invita à passer au salon pour y jouer ses pièces romantiques au piano. Pendant que Chopin circulait de nouveau dans la maison, ma mère s'affairait à la cuisine en pelant des carottes. Quant à moi, je réfléchissais à ce que j'avais vu en sirotant un Earl Grey imaginaire auprès de Mademoiselle Loulou qui n'en pensait pas moins. Je m'apprêtai à relever la pâleur de ses lèvres caoutchoutées de mon crayon rouge cerise quand mon père arriva du bureau. Il ouvrit le téléviseur. Il s'agissait de s'occuper pour calmer ma mère. Ce que nous fîmes, dévorés par l'écran qui remettait en scène, simultanément, sur tous les continents de la planète, la mort du président, inoculant la peur du tireur fou jusque dans l'intimité des plus petites familles canadiennes-françaises.

Plus tard, à l'adolescence, je raffinai mes idées en analysant les filles de ma classe : il y avait des personnes qu'il fallait fréquenter à petites doses, homéopathiquement, et d'autres dont les rencontres, trop rapprochées, engendraient des effets secondaires jusque-là insoupçonnés, produisant à leur tour de nouveaux symptômes qu'il fallait aussi traiter. Pianiste prodige, Éloïse Zabor suivait des cours de piano à New York. Son train de vie était si effervescent qu'il valait mieux pour moi ne la voir qu'une fois par mois. Plus tard, quand je la rencontrai de nouveau, sa famille ne menait plus le brillant train de vie que l'on savait. Son père, avocat, avait fait faillite et ses parents, une fois divorcés, avaient relégué au second plan sa carrière éblouissante. Éloïse m'expliqua tout cela avec un sans-gêne qui m'étonne encore aujourd'hui. Ensuite, pour me dire un secret, elle m'invita à la suivre. Derrière elle, j'admirais ses longs cheveux, ses longs doigts nerveux qui scandaient le rythme de ses pas. Dans son casier, elle avait caché une bouteille de vodka. Elle avait mis au point un stratagème lui permettant de boire entre les cours. Quand elle allait porter ses manuels scolaires pour en prendre d'autres, suivant la matière dispensée dans son horaire, elle avalait une ou deux gorgées d'alcool. Ce matin-là, je la regardai faire en me demandant comment on pouvait chuter avant seize ans. Secouée par autant de désordre, je décidai de prendre mes distances et choisis de me mettre en équipe avec des personnes plus studieuses pour le reste de l'année. Je goûterai aux cigarettes de marijuana plus tard, mais cela est une histoire que je raconterai une autre fois.

Enfin, c'est au sortir du cégep que j'appris le fonctionnement de l'effet placebo. J'avais compris que, pour guérir, il fallait y croire et que le support de la foi pouvait se loger en une simple pilule, fût-elle de sucre. Je pensai faire la même chose avec moi-même, c'est-à-dire que je n'avais qu'à me candir, soit me comporter de manière à engendrer un comportement aimable chez l'autre. Je disposais d'une certaine palette : jouer les victimes, papillonner pour charmer ou éblouir l'intellect. Cependant, il y avait des gens avec lesquels il était contre-indiqué de consommer certaines substances (alcool, drogues dures ou douces et antidépresseurs) en raison des combinaisons biochimiques pouvant éventuellement en résulter. J'avais assisté à certaines scènes disgracieuses en présence de ces êtres perturbés, devenant à leur tour perturbants. Des scènes que je n'avais jamais demandé à voir. Je pense à Sylvie, cette copine du baccalauréat avec laquelle j'avais suivi un cours de littérature où l'on se servait de différentes grilles d'analyse pour comprendre la trajectoire des personnages. Un soir, hurlant de rage, elle s'était couchée sur l'asphalte, au beau milieu de la rue, parce qu'elle n'avait pas ce qu'elle voulait. La situation m'embarrassa d'autant plus que la folle mettait sa vie en danger dans la rue même où j'habitais. Les voisins sortirent pour voir. Une âme charitable appela l'ambulance. Une autre, moins, les policiers. Ce beau chahut mit fin à cette camaraderie qui n'était pas de l'amitié au fond. Son comportement me fit réfléchir, car c'était là le genre de signes qui ne mentent pas au sujet de l'hystérie qui n'existe que dans la mesure où on la découvre et la contrefait prétextant l'effet d'un ballon de rouge.

Aujourd'hui, à cinquante ans passés, bien que j'aie une certaine expérience, je ne suis pas plus tranquille. Mon métier m'oblige à rencontrer continuellement toutes sortes de gens. On pourrait croire que je me suis fait une raison, comme d'autres, une carapace. Il n'en est rien. Je suis restée naïve et, en cela, vulnérable. Alors, comment continuer sans être touchée, atteinte, blessée et meurtrie? On n'est jamais trop prudent, vous dira n'importe quel pharmacien, prêt à vous refiler des calmants. À défaut de boire quelque nouvel élixir, j'ai développé un sixième sens pour lire les comportements et détecter les fâcheux. Mais voilà, le radar est fluctuant et la plupart des gens n'ont pas d'étiquette qui renseigne sur les éléments constituant leur posologie. Rien n'est parfait.

En vieillissant, je ne suis pas devenue beaucoup plus sage, mais j'applique quelques règles de prudence. Dans son essai, *Le respect des femmes: Kant et Rousseau*, Sarah Koffman disait que vouvoyer permettait aux hommes de maintenir les femmes à distance, soit que, en prétextant les respecter, de fait, ils les tenaient en respect. Je vouvoie donc, mais j'écoute beaucoup pour diminuer l'écart. J'évite de confronter mon interlocuteur et je n'insiste pas sur les erreurs. De la sorte, je survis à la rencontre avec autrui. La stigmatisation est le lot des esprits confondant rigueur et rigidité.

Sans faire le décompte des jours, je sais bien qu'il m'en reste moins maintenant. L'expérience du temps en est une du corps qui vieillit. Néanmoins, je continue à tenter ma chance, tout en sachant pertinemment bien que le risque est ingérable. C'est pourquoi il m'arrive encore d'en prendre pour mon rhume.

Quand cela se produit, j'appelle les services ambulanciers. J'arrive à l'urgence, aux frontières de l'apoplexie. Le corps médical qui me prend en charge doit jouer quitte ou double en espérant que le système immunitaire tienne le coup. Sinon, il reste le défibrillateur, ces chocs électriques pour faire battre le cœur afin de faire émerger le malade de la stupeur ou, encore, les bains de vapeur pour exsuder la toxicité de certaines rencontres particulièrement invasives. On entend souvent dire que ce qui ne nous tue pas nous rend plus forts, mais, ajouterais-je, ce qui ne nous tue pas nous mène surtout plus près de notre mort.

Au XIXᵉ siècle, Charles Darwin a découvert que la survie d'une espèce résultait d'un mécanisme d'adaptation au contexte. Plus tard, l'anthropologue Bateson ne dit pas autre chose dans sa théorie sur la double contrainte et le langage paradoxal ; il reconnaît que seule la créativité peut résoudre pareil dilemme menant à la folie, sinon la fuite, par défaut. Voilà comment je suis devenue mutante.

À l'injonction «Soyez spontané !», je réponds «Présente !» et je m'en vais. De toute manière, la vraie vie est ailleurs. Ne me reste qu'à la retrouver puisqu'elle se déplace constamment. Rien n'est simple sur cette planète.

Bijou

Mes parents partaient souvent en voyage, ce qui était encore rare dans le Québec des années soixante. Nous avions une grande maison et un joli chalet sur les rives du Petit lac Magog, à Sainte-Catherine-de-Hatley. Avec cinq enfants et la visite de la parenté habitant les Cantons, il leur fallait souvent décompresser. Un week-end sur quatre, ils partaient dans quelque région du Québec pour se reposer de nous, leurs enfants. Pour nous encadrer, ils nous confiaient à une cousine de mon père, une sainte femme nommée Jacqueline, pour seconder notre grand-mère qui avait fort à faire entre Chopin, son thé et ses sonnets.

En 1968, mes parents allèrent plus loin ; ils s'envolèrent en France, au mois de mai. Ah ! Le joli mois de mai ! Ils y découvrirent la contestation, les manifestations, les existentialistes et les policiers casqués de l'antiémeute aussi appelés CRS. Je me rappelle qu'à leur retour, ils racontèrent leur périple dont nous avions eu des bribes par deux télégrammes qu'ils avaient dépêchés pour nous prévenir de leur fuite dans le plat pays où la vie était plus calme et les moules-frites, délicieuses.

Outre une suite de souvenirs impérissables, ils avaient ramené des cadeaux pour chacun. Ma mère les distribua à tour de rôle pendant que mon père se félicitait d'être enfin revenu. Il haïssait voyager. Partir rimait avec des tas d'embêtements et cette fois-là, en terme de problèmes, il avait été servi.

J'ai oublié ce que les autres ont reçu comme cadeaux. Par contre, je me souviens du mien : un joli pendentif en forme de cœur avec deux personnages de bande dessinée qui portaient un nom : *Les amoureux* de Peynet.

J'avais neuf ans, les cheveux blonds ramenés en chignon sur la tête, de grands yeux verts et une bouche aux lèvres rouges. Sur une photo où je pose devant un lilas fleuri en tenant un bouquet, je porte une robe rose et des chaussures vernies. En me tendant le cadeau qui m'était destiné, ma mère me dit qu'il s'agissait là d'un bijou précieux qu'il ne fallait pas perdre, car il valait cher, très cher. Je pris le boîtier de carton et je lus la légende imprimée sous le dessin reproduit sur le pendentif : *Les amoureux* de Peynet. Naïvement, je demandai à ma mère où était située la ville de Peynet. Les autres éclatèrent de rire en me traitant de niaiseuse.

— Peynet, c'est le nom du dessinateur qui a conçu le bijou, voyons ! répondit une de mes sœurs aînées.

Je ne posai plus de questions. Par contre, je continuai à réfléchir. Dans Peynet, il y avait de la peine. Je remerciai mes parents et j'allai les embrasser tour à tour, charmée par le médaillon qui brillait. Tout l'après-midi, je regardai le bijou tantôt avec plaisir, tantôt avec méfiance, me disant qu'au fond, il ne présageait rien de bon pour moi, bien qu'il valait cher à cause de l'or dont il était fait. Rendu au soir, j'en vins à penser que, l'un dans l'autre, la valeur du pendentif compensait peut-être la tristesse qu'il comportait dans son appellation. Enfin, la signature de l'auteur faisait partie de l'œuvre qui formait un tout.

À partir de ce jour, je prétextai avoir peur de perdre mon pendentif et je ne le portai pas. Par la suite, ma mère

m'acheta une boîte à bijoux avec une ballerine qui tour-
noie; j'y mis mon trésor. On fut rassuré de mon sérieux
et de mon sens des responsabilités. Plus tard, une de mes
grandes sœurs me reprocha de ne jamais le porter. Je ne
répondis pas; j'avais mes raisons. Puis elle voulut m'em-
prunter le fameux pendentif pour sortir avec son prétendant. Je le lui prêtai; c'était ma sœur. Les années passèrent
sans que, jamais, elle ne me le rendît.

●

Trente ans passèrent. J'étais devenue docteure, professeure et écrivaine à Montréal. Je ne sais trop pourquoi
cet oubli m'était revenu en mémoire. D'ailleurs, l'oubli
de qui?

À quarante ans, j'étais décidée à lui demander de me
le remettre. Mais voilà, ma sœur ne parlait plus à personne
depuis plusieurs années pour des raisons qui m'échappaient. Elle avait dû se chicaner avec une autre de mes
sœurs vivant là-bas. Ce n'était pas une personne facile.
Pour la rencontrer, elle exigeait que l'on prenne rendez-
vous des semaines à l'avance, comme on fait auprès des
médecins spécialistes. Cela produisait une drôle de rela-
tion qui n'avait plus rien de fraternelle.

Cela dit, et bien décidée à récupérer mon pendentif, je me mis en frais de lui écrire une lettre qui partit
par courrier recommandé dans les Cantons de l'Est où
elle résidait avec celui qui était devenu son mari. Deux
semaines plus tard, c'est sa fille qui me donna sa réponse
en main propre. Elle arriva tout sourire puis elle me tendit
un petit colis. J'ouvris le paquet entortillé dans une lettre.
Ma sœur écrivait qu'elle me renvoyait mon pendentif.
Son épître se terminait par une phrase courroucée: «Tu

n'avais qu'à le dire ! » C'est exactement ce que j'avais fait.
Nous étions donc sur la même longueur d'onde. Je restai
calme et repliai la lettre qui recouvrait le boîtier de carton
en forme de cœur dans lequel le pendentif attendu devait
loger. Je l'ouvris et, surprise ! J'en découvris deux ! « Il y
a maldonne, c'est clair ! » me dis-je, confuse. Empilé l'un
sur l'autre, je vis, derrière un plus petit à la même effigie,
mon médaillon noirci. Je les pris pour les comparer et je
restai interdite devant ce doublé tachant de comprendre
l'autre message non écrit que ma sœur me faisait parvenir
par ma nièce. Là aussi il y avait redoublement.

Je finis par me souvenir que ma grande sœur s'était
acheté elle-même un pendentif en cœur quand, à son tour,
elle était allée à Paris, une fois mariée avec son prétendu,
aujourd'hui mon beau-frère. Ce dimanche-là, c'était sa
fille, ma nièce, qui m'apportait les deux pendentifs à la
fois. « C'est une erreur ! » fis-je intérieurement, cherchant
à démêler l'affaire qui s'était embrouillée au fil des ans.

À l'époque, ma nièce étudiait dans une grande université montréalaise et je l'invitais régulièrement à déjeuner
avec mon fils, les dimanches matins, pour raffermir les
liens familiaux. Après tout, elle était la fille de ma sœur.

Ce dimanche matin-là, je me mis à comparer les deux
pendentifs pendant que mon cerveau compulsait frénétiquement les souvenirs de famille. Puis, je remis à ma nièce
le petit Peynet en lui expliquant rapidement ce qui s'était
passé. Ma nièce me dit alors ne rien vouloir entendre, que
ce n'était pas ses affaires et qu'elle n'allait pas se mêler
de ça ! Je lui promis donc de régler le différend entre ma
sœur aînée, sa mère, et moi, sa tante, et je décidai sur-
le-champ de passer à table pour le brunch. C'est ainsi que
le dimanche reprit sa vitesse de croisière et s'écoula avec
lenteur, comme si nous voguions sur un transatlantique

en devisant agréablement à propos de futilités et d'événements défrayant la chronique mondaine.

Dans les jours qui suivirent, j'envoyai à ma grande sœur le petit Peynet par la poste en lui rappelant que je ne cherchais qu'à récupérer le mien, de médaillon, que notre mère m'avait offert jadis, tandis que le petit, elle pouvait l'offrir à sa propre fille si ça lui chantait, après tout, cela ne me concernait pas. Il s'agissait là d'un mot bref, clair, net et précis pour ne pas faire de chichis, comme disait ma mère. Cela fait, je contemplai mon pendentif, chavirée par l'état pitoyable du bijou devenu tout noir, comme si on avait essayé de le détruire en lui faisant subir l'épreuve du feu. Je mis fin à mes atermoiements en serrant dans ma commode la petite boîte de carton enserrant le pendentif des *Amoureux* de Peynet qui m'était enfin revenu.

●

Dix ans ont passé. Et ce soir, je ne sais trop sous quelle impulsion, j'ai ressorti le pendentif en forme de cœur de sa boîte cabossée, déterminée à trouver sur internet quelque moyen de le nettoyer. Je suis tombée sur un site où des bijoutiers ont mis en ligne une petite vidéo expliquant les étapes à suivre pour rendre à l'or tout son éclat. J'ai vu qu'il fallait laisser reposer le médaillon dans l'eau savonneuse, ce que j'ai fait tout de suite, mais l'opération n'a pas suffi à en nettoyer la surface, bien que son état en ait été amélioré. De grosses taches noirâtres et violacées persistaient comme autant de meurtrissures.

J'ai visionné une autre vidéo où l'on disait d'utiliser du dentifrice et une brosse à dents. En désespoir de cause, j'ai appliqué la pâte sur le bijou, la mort dans l'âme, certaine que le précieux médaillon était à jamais décati. À mon grand étonnement, cette panacée du diable a redonné au cœur d'or son éclat d'origine ! Alors, en moi, j'ai entendu sourdre un esclaffement jusque-là oublié : le rire discret de mon père chirurgien-dentiste.

Comique

Pour se définir, les enfants s'opposent toujours à leurs parents. Si le père est scientifique, le fils sera artiste ; si la mère concocte d'excellents repas, aucune de ses filles ne cuisinera. Ce phénomène est un secret de Polichinelle associé à l'esprit de contradiction qui se manifeste à l'adolescence. Dans ma famille, toute ma fratrie était artiste. Même mes sœurs, qui auraient pu avoir une carrière scientifique, succombaient à l'esprit de contradiction qui nous animait. Maintenant que nous approchons tous de la retraite, il faut bien avouer, rétrospectivement, qu'après l'aînée, je suis la plus sérieuse de la famille.

À chaque fois que je lance cette vérité en classe, tous mes étudiants pouffent de rire, la rigolade n'en finit plus. « Vous, la plus sérieuse ? La plus drôle, vous voulez dire ! Voyons don' madame ! » À chaque fois, je maintiens mon affirmation et mes étudiants rigolent de plus belle. Ça ne rate jamais. Je ne comprends toujours pas. Si j'essaie d'être enthousiaste et intéressante quand je parle littérature, je le fais toujours avec sobriété en m'appuyant sur des références faisant autorité. Suis-je devenue pince-sans-rire ? Quoi qu'il en soit, il semble que l'humour participe de cet air de famille.

À l'époque, mon frère avait décroché un rôle dans une série télévisée. Il ne s'agissait ni d'un feuilleton fleur bleue où les hommes débitaient des vacuités en costar ni d'une série télé policière mélo avec ses passages à tabac et ses durs qui s'effondrent en pleurant, mais bien plutôt de sketches comiques tantôt absurdes, tantôt truffés de gags. Il incarnait ce qu'au Québec, on désigne par nono, niaiseux, toto ou twit. Le plus curieux, c'est qu'on n'avait pas changé son apparence : bien au contraire, il avait conservé la raie au milieu de ses cheveux châtains montés en brosse et arborait le même style vestimentaire comme au jour de son audition : sur sa chemise blanche froissée, une cravate verte à carreaux pendouillait jusque sur son pantalon brun, trop court, laissant voir d'horribles chaussettes jaunes, elles-mêmes nichées en des chaussures bleues à bout carré. Un vrai clown. Dans ces conditions, après la diffusion de la première émission, tout le monde le reconnut quand il déambulait dans la rue, dans les lieux publics, partout.

Le nom du personnage était Céréales et il prêtait à plusieurs jeux de mots : c'est Réal, Serrez Al', Gruau, Céleri, ça n'en finissait plus. Alors, un week-end, j'allai à Montréal le rencontrer pour en savoir plus. Après savoir percé un mur, il avait transformé son appartement en loft, au grand dam du propriétaire avec lequel il était à couteau tiré depuis. Je n'avais pas vu mon frère depuis des mois. J'étais contente de le rencontrer pour savoir ce qu'il faisait maintenant. Je montai à l'étage et sonnai. Il m'ouvrit la porte, vêtu comme le comique qu'il était devenu.

— Mon grand frère !

— Ma p'tite sœur !

— Comment ça va ?

— Il y a encore de la neige à Sherbrooke, j'te gage ? Entre don' !

— Ici, l'hiver est fini depuis longtemps à Montréal...

— On dirait ben ! fit-il en prenant mon sac à dos.

— Pis toi? fis-je, curieuse.

— J'ai un rôle à la télé! Tu le sais-tu? Viens pas me dire que tu m'as pas vu?

— Ben oui, je t'ai vu, voyons! Toute la ville de Sherbrooke t'a regardé!

— *Good!* J'va mettre ton sac là, dans le coin! Hey! Ça fait bien six mois que je ne t'ai pas vue! As-tu grandi, encore? On va aller au restaurant pour fêter ça! J'ai de l'argent!

Il me désigna un coin empoussiéré où il alla déposer mon sac de voyage et, du placard, il sortit un petit futon pour que j'y passe la nuit. Je sortis mon sac de couchage et le déroulai pour qu'il prenne du volume à l'air libre. Je regardai les lieux. L'endroit ne comportait pas de meubles sinon une table et des chaises pour manger, une minichaîne pour écouter la radio et des disques; dans une autre pièce trônait son lit fait d'un matelas directement posé sur le plancher. Des couvertures emmêlées faisaient comprendre qu'il venait probablement de se réveiller et qu'il avait eu le temps de prendre une douche et de s'habiller avant mon arrivée. Au fond, je vis une petite télé débranchée et un téléphone par-dessus.

Mon frère était pauvre, je le savais; il avait choisi d'être comédien, je l'appuyais. Quand on provient d'une famille bourgeoise, on est pour la simplicité volontaire et l'argent n'est rien. Une nuit couchée par terre n'allait pas m'achever. D'un commun accord, nous sortîmes pour manger ensemble dans un restaurant à la mode sur le Plateau. Chemin faisant, je lui demandai quelle était cette émission de télévision, quel rôle il jouait et à quoi ressemblaient les décors. Il répondait par demi-phrases, en riant, alors que ses cheveux dressés sur la tête se balançaient au gré des vents qui tourbillonnaient d'une rue à l'autre. D'après ses dires, il jouait un genre d'imbécile heureux. Je me mis à rigoler à mon tour. Lui, un imbécile heureux ? !

J'étais sa cadette de plusieurs années. Je l'admirais depuis l'enfance. La vie tumultueuse de mon grand frère m'exaltait, ses amours me passionnaient, ses réussites étaient les miennes, ses échecs aussi. C'était mon aîné ; il me montrait le chemin. Il avait surmonté ses problèmes de dyslexie à l'école secondaire en travaillant tous les soirs avec un professeur privé que mes parents avaient engagé. Tous les étés, il les passait à développer ses capacités de lecture et sa maîtrise de l'écriture. Pendant ce temps, moi, je batifolais dans mon carré de sable à faire des châteaux avec ma pelle et un seau. Une fois l'école secondaire terminée, il avait été reçu dans une école de théâtre montréalaise. Hélas, malgré sa bonne volonté, il n'avait pas tenu le coup. On l'avait recalé pour je ne sais trop quelle raison. Mon frère ne m'en a jamais parlé. Pour ma part, je n'avais pas de problèmes d'apprentissage. Bien au contraire, mes professeurs disaient même que j'étais douée. Peu importe. J'aimais mon grand frère et j'en étais fière ! Je suis vite devenue son admiratrice, sa motivologue, son encourageante !

Ce jour-là, il m'amena dans un restaurant grec manger une moussaka, un plat que je ne connaissais pas. Je ne savais trop ce dont il s'agissait, mais ce devait sûrement être très bon puisqu'il me le conseillait. C'était mon frère, j'avais confiance en lui. Il m'expliqua :

— C'est fait avec des aubergines, des oignons pis… du mouton, j'pense ben…

— Han ? Du mouton ?

— Bê ê ê ê ê non ! De l'agneau, ma 'tite sœur !

— J'me disais aussi, grand niaiseux !

On entra dans le restaurant en riant. Un gros garçon aux cheveux noirs et bouclés nous désigna une table qu'il venait de nettoyer et mon frère lui commanda deux plats du jour. En s'assoyant, il me lança :

— Pas de niaisage !

— T'es-tu si pressé que ça ?

— Non, mais j'ai faim en simonak, pas toi ? me lança-t-il sur un ton sans réplique.

L'endroit était joyeux et coloré, débordant de plantes suspendues dont les feuilles s'enchevêtraient de manière à constituer un écran de verdure le long des fenêtres.

Une fois confortablement assis à la table, mon frère prit le temps de placer ses cheveux bien à la verticale en se mirant dans le verre de la fenêtre où il pouvait se voir ; content de sa coiffure, il m'expliqua ensuite que les deux premières émissions de la série avaient déjà été diffusées et qu'il était possible que les gens viennent le rencontrer pour lui en parler. Je compris que les choses avaient changé ; maintenant, on le reconnaissait. Bref, mon frère était quelqu'un. Bien sûr, j'avais vu les premières émissions avec papa et maman qui crevaient de fierté de voir leur fiston briller à l'écran. Pourtant, son personnage n'était pas avantageux. De fait, il avait vraiment l'air fou. Quant à moi, j'étais partagée entre sa drôlerie, qui le rendait attachant, et sa bêtise, qui finissait par gêner. Rappelons simplement que, règle générale, personne ne veut être associé à la grossièreté. Or justement, quand il disait ses répliques, il proférait un tissu d'insanités sur un ton lent qui faisait s'égosiller de rire les Québécois, on ne sait trop pourquoi.

J'imaginais que mon frère n'avait pas dû se jeter dans l'aventure sans avoir étudié le concept de la série. Alors, je lançai la conversation sur son personnage. Il m'arrêta net pour me tendre une clé, celle de son appartement, avant de l'oublier. Je l'en remerciai, puis je continuai avec mes questions. Pourquoi ne lui avait-on pas fourni d'artifices pour qu'il puisse mieux incarner son rôle de crétin? Pourquoi avait-il toujours son air de perdu?

— Vois-tu, ma 'tite sœur, les caricatures sont attifées de manière singulière pour créer des effets comiques.

— Ah oui?

— Prends n'importe quel humoriste, par exemple... commença-t-il.

— Peu importe. Raymond Devos... dis-je au hasard.

— Je pensais plutôt à Gilles Latulippe... poursuivit-il.

— N'importe lequel. Continue... fis-je, intéressée à savoir.

— Tous les humoristes se servent de l'excès que ce soit, ben, par exemple... dans l'habillement.

— Oui, c'est vrai. On voit ça dans la bande dessinée aussi.

— Mais pas rien que dans leurs actes, mais aussi dans leur langage, tsé.

— C'est-à-dire? répondis-je, sans trop savoir ce dont il était question.

— Dans mon rôle, je parle avec un genre de lenteur. Je me démarque comme ça!

— Comment t'as fait pour savoir si c'était ce qu'il fallait faire?

— Ben, au début, je ne savais pas trop si ça aller marcher, pis, finalement, c'était ça.

— Un genre de lunatique?

— Oui, comme s'il y avait un délai entre le moment où le type comprend une question et le moment où il trouve quoi répondre, même si sa réponse n'est pas correcte, genre, tsé?

— T'es pas mal fort, mon grand frère! dis-je avec une réelle admiration.

— C'est en essayant des affaires que j'ai fini par trouver, ma 'tite sœur! fit-il avec une certaine fierté. Ouais!

J'avais vu une photo de lui dans le journal et je l'avais découpée pour la lui montrer. Je la sortis de mon sac. Il ne l'avait jamais vue.

— Ça vient d'où? fit-il, surpris.

— Du journal local... répondis-je.

— Les parents ont vu ça? continua-t-il avec une soudaine nervosité.

— Non, non! mentis-je. J'ai découpé le journal avant... fis-je prudemment.

— C'est pas fort, fit-il du bout des lèvres, navré. J'ai vraiment l'air d'un crétin.

Visiblement, le cliché le contrariait. Le photographe avait croqué son regard effaré d'imbécile aux yeux hagards, ses cheveux ébouriffés et sa chemise déboutonnée sur laquelle serpentait une cravate à motif étoilé. Je n'en fus pas choquée et je pensai que mon frère devait comprendre qu'il avait une responsabilité et que les gens de sa famille étaient aux prises avec cette image, eux aussi. Comme s'il m'avait entendue, il reprit:

— Es-tu en train de me dire que t'es gênée d'être ma sœur?

— Ben, quand on regarde cette photo, c'est difficile d'être fière...

— Ouais. Je peux comprendre, mais si tu dis que c'est un rôle que je joue... pis que je gagne ben de l'argent...

— Écoute, j'aimerais que tu me dises quelque chose... T'es pas obligé de répondre...

— Quoi?

— Est-ce qu'on t'a confondu, toi, mon grand frère, avec ton personnage quand on t'a choisi pour le rôle?

Il eut un mouvement d'humeur et me répondit qu'il ne le savait pas. Le serveur fit diversion en venant porter les plats ; il repartit aussi vite en promettant de revenir avec des verres d'eau. Mon frère déplia le plus sérieusement du monde sa serviette de papier sur sa chemise et avala le contenu de son assiette sans dire un mot. Il semblait absorbé par ma dernière question. Je me dis alors que j'avais été trop loin, que ma question avait dû le peiner et je pensai aux efforts qu'il avait déployés, jadis, pour surmonter la dyslexie. Je saisis ma fourchette pour prendre une bouchée. La moussaka se révéla absolument délicieuse. Je le lui dis. Il se montra content que je partage ses goûts. Ensuite, il fouilla dans ses poches, en sortit un billet de vingt dollars qu'il inséra sous la cuiller pour payer. Puis, après avoir regardé sa montre, il quitta les lieux simplement, en me disant :

— Bon... ben... je dois y aller. Salut.

Sur ces entrefaites, le serveur arriva, déposa ses verres d'eau et prit l'argent en le remerciant. Et moi, je restai planté là devant mon assiette à peine entamée, sous les regards ahuris des autres clients de l'endroit qui avaient commencé à le reconnaître. Une grande brune aux lèvres boursouflées me demanda à brûle-pourpoint pourquoi je m'en prenais à la vedette de l'heure. Je lui répondis que c'était mon frère. Elle s'esclaffa comme si j'avais menti. Mon mot fit le tour de la salle et déclencha de petits rires moqueurs. Empourprée, je me levai et je sortis à mon tour, médusée par cette épidémie de railleries qui fusaient de toute part derrière moi. Une fois dehors, je haussai les épaules. À mon tour, je me mirai dans le reflet de la vitre : j'avais les cheveux noirs et lisses rattachés à l'arrière de la tête, en queue de cheval, des traits réguliers ; je portais une veste bleu marine sur une chemise blanche, un jeans bien repassé et des bottillons de cuir noir. Mon frère et moi, c'était le jour et la nuit.

Je souris et partis marcher le long du parc La Fontaine, sur la rue Rachel. J'étais à Montréal et la ville m'énergisait. Je partis au centre-ville faire du lèche-vitrines rue Sainte-Catherine. Le soir venu, je revins à l'appartement. Ce soir-là, mon grand frère ne rentra pas. Je trouvai du pain et du beurre d'arachides dans l'armoire. Je m'en fis une tartine pour souper; ensuite, après une douche, je revêtis mon pyjama et m'étendis dans mon sac de couchage pour lire. J'avais trouvé une bande dessinée : *Capitaine Québec contre l'Homme Catalogne*. Je m'endormis, la tête remplie de phylactères et d'onomatopées joualisantes. Le lendemain, je me levai tard et, après être allée au cinéma voir *Brazil* de Terry Gilliam, je repartis sans revoir mon frère. Et je retournai à la maison, dans les Cantons, sans autre nouvelle de lui. Une huître. Voilà ce qu'il était. Pas capable de parler. Mon frère.

•

Les producteurs enregistrèrent plusieurs épisodes de cette série humoristique, de quoi nourrir l'hydre de la bêtise des mois durant. Céréales par-ci, Céréales par-là, Céréales retourne à l'école et aboutit à la garderie; Céréales va s'inscrire au bureau des élections pour devenir député; Céréales apprend à conduire une auto; Céréales se sert d'un four micro-ondes; Céréales se fait harponner par une policière; Céréales fait de la radio… Par la suite, les choses prirent encore de l'expansion. Assailli par un public grandissant, mon frère, devenu clown national, ne pouvait plus marcher dans la rue. Tout un chacun l'arrêtait pour quémander qui un autographe, qui une photo, qui une bonne blague ou un sourire. Avec les reprises rediffusées chaque été, le manège dura quelques années. Des concours de sosies furent organisés. Des scénaristes produisirent des bandes dessinées, des publicités, des petits romans exploitant la bêtise qui semblait inépuisable. Récemment encore, les gens qui syntonisaient le canal Nostalgia pour revoir mon frère croyaient encore que celui qu'ils voyaient était vrai, confondant le personnage et la personne.

•

Dans chaque famille, il y a une règle non écrite signant le rôle que joue la petite sœur : celle de poser des questions qui confrontent. Je me souviens de lui avoir reposé la question maudite quelques années plus tard.

— Pourquoi portes-tu tes propres vêtements quand tu joues ton personnage à la télé ?

— On m'a dit d'acheter ce qu'il me fallait pour me vêtir et, après, sur présentation des factures, je suis remboursé, m'avait-il répondu avec suffisance.

— Alors, dans la vraie vie, tu t'habilles comme ton personnage ? fis-je, figée.

— Mais non, avait-il rétorqué avec lassitude. Pas entièrement. Par exemple, là, je porte cette veste, mais avec un autre pantalon. Ah ! Laisse faire ! Tu comprends rien !

J'avais l'impression de rêver. Pour mon frère, la chose était entendue : il faisait d'une pierre deux coups. Non seulement il était payé pour jouer ce rôle ; en plus, on lui payait des vêtements qu'il pouvait conserver et qui venaient grossir sa garde-robe. Bref, le personnage bébête d'une émission qui dopait les cotes d'écoute faisait vivre son comique qui jusque-là avait vécu incognito, sous le seuil de la pauvreté. Le cas défiait l'imagination ; il la mystifiait.

•

Pendant ce temps, je poursuivais mes études à l'université, arpentant nerveusement les bibliothèques d'ouvrages sérieux pour terminer mon mémoire de maîtrise. J'étudiais l'histoire du XVIIᵉ siècle, cherchant à comprendre la situation de la Nouvelle-France au cœur des querelles théologiques ourdies entre les jésuites et les jansénistes à la cour du Roi-Soleil. Souvent, je posais le livre pour penser à mon frère perdu dans une ville tissée de réseaux où il cherchait à se positionner.

Bien sûr, mon frère n'était pas riche. Il avait peu de vêtements. Comme la plupart des jeunes comédiens, il vivait dans l'indigence. Après avoir abandonné l'école de théâtre, il avait choisi de se lancer dans le métier. À l'époque, il était beau, jeune, expansif. Il disait croire en son étoile ; de fait, il connaissait la gêne financière depuis qu'il avait quitté la maison. Faute de pouvoir décrocher les rôles de jeunes premiers au théâtre, il avait dû faire des compromis et accepter ce rôle ingrat à la télé pour transformer sa situation précaire en une vie meilleure. Bref, d'un côté il fallait reconnaître qu'il avait réussi et de l'autre, que ce n'était pas une vie de faire le pitre à plein temps.

Quant à moi, bien que je ne fusse pas mieux lotie, je persévérais en d'austères études tout en m'inquiétant à son sujet. Mon propre sort me préoccupait peu. Je pensais pouvoir me trouver un travail au terme de la soutenance de mon mémoire. Quand je lui dis que j'aspirais à une carrière, mon frère soupira en disant que j'étais trop sérieuse. Alors, moqueuse, je rétorquais que j'écrivais un mémoire dans une faculté qui m'oublie. Et on éclata de rire. Il me souhaita de réussir. J'espérais atteindre mon but. D'ailleurs, mes parents exigeaient que je réussisse; ma mère m'y exhortait franchement.

— Ton frère n'a jamais eu de tête... répétait ma mère, découragée.

— Il faut que tu en aies pour deux, complétait mon père, invariablement.

Et l'année suivante, une fois les examens réussis et le diplôme en poche, je passai une, deux et trois entrevues. J'obtins finalement un contrat de remplacement dans une école secondaire. Je passai l'automne à enseigner l'histoire du Québec à des groupes d'adolescents excités qui me jouaient des coups pendables : fusil à pétards, tableau électronique *tagué* à l'aide de marqueurs à l'encre indélébile, bravades, mots gras, avions de papier en plein cours, tout y passa. J'encaissais et, sans jamais me démonter, je sortais mon calepin de retenues. Cette année-là, j'appris à punir les tannants, les pas fins, les baveux, les têtes fortes. Je leur faisais conjuguer d'impossibles verbes irréguliers en prenant soin d'inclure l'imparfait du subjonctif. Que je balayasse. Que tu pelletasses. Qu'il courût. Que nous allassions. Que vous sussiez. Qu'elles voulussent.

•

À l'occasion du temps des fêtes, je revis mon frère qui, entre-temps, était devenu une véritable célébrité. On le voyait jouer les beaux Brummell, sourire en coin, à la une des revues féminines, tantôt dans les lancements, tantôt dans les grandes premières, entouré de femmes au joli minois ou de jeunes gens fringués de chiffons griffés, le front chargé de franges colorées. Année après année, son émission avait continué à remporter la palme des cotes d'écoute, loin devant les journaux télévisés, tous canaux confondus. Encore une fois, il était vêtu à la diable. Il avait pris un peu de poids, ce qui rendait son personnage de Céréales un peu plus jovial. Pour ma part, je trouvais sa situation pour le moins étrange. Je pensais que les comédiens ne s'habillent jamais comme leurs personnages, que ce soit à la maison ou ailleurs. Sur un mode ironique, je lui fis part de mes réflexions. Était-il venu fêter la Noël en vêtements de travail ? Il riposta d'un rire bref et se servit un autre verre de champagne pendant que mes parents me grondaient.

— Il ne faut pas importuner ton frère avec ça, commença mon père.

— Il est ici en repos, suivit ma mère d'un air entendu.

— Il travaille très fort pour la télévision, ajouta mon père pesamment.

— Et il fait beaucoup d'argent... fit ma mère, les yeux au ciel.

— ... sans parler du fait qu'il est très connu au Québec, compléta mon père. T'as vu son auto neuve ?

Je compris que je devais changer de sujet. Ni mes parents ni mon frère ne semblaient remarquer que son personnage avait pris le dessus sur lui, sur nous et que sa drôlerie nous avait tous remplis de sérieux. On m'accusa de le jalouser, voire d'envier sa gloriole, alors que cette histoire m'indignait. J'étais outrée qu'il se contrefasse lui-même pour incarner une fiction. Il n'y avait là pas de travail d'acteur digne de ce nom. Mais nous étions au temps des fêtes et je pris le parti de me taire. On en resta là, un poinsettia. C'était Noël et puis voilà.

•

Quand on ne connaît rien, on s'attache à ce qu'on voit. À l'époque, j'étais loin de soupçonner ce qu'était le véritable travail d'acteur, l'intériorisation du personnage, la chorégraphie du corps en déplacement... Au collège, le trimestre d'hiver s'écoula avec son lot de difficultés. Une collègue découvrit qui était mon frère et répandit la nouvelle à la volée. Je devins le point de mire de la salle des profs. J'enrageai sourdement. L'année se poursuivit et, le travail aidant, chacun s'occupa de ses élèves, de ses têtes fortes et, finalement, de ses oignons. On oublia l'affaire. Je continuai d'enseigner aux jeunes qui me regardaient maintenant avec un sourire narquois. Ils savaient. Qu'importe. Personne n'en parlait. En juin, après la remise des bulletins, j'envisageai enfin de prendre des vacances.

Nous avions un chalet niché sur les rives d'un lac dans les Appalaches et je demandai la permission d'y aller pour me reposer. Mes parents m'expliquèrent qu'ils avaient passé le chalet à mon frère très fatigué du brouhaha médiatique. Je devais me montrer raisonnable et comprendre la situation. Comme il fallait s'y attendre, je ne le fus pas. Je donnai un coup de fil à mon frère et, contre toute attente, il me dit qu'un peu de compagnie lui ferait du bien. Je le fis savoir à ma mère qui le dirait à mon père, et cetera.

Je remplis mes sacoches de vêtements d'été et je les accrochai à mon vélo véloce, puis je partis, telle une flèche. J'arrivai au lac en fin d'après-midi, fourbue, mais contente d'avoir échappé à la ville où je croisais souvent mes élèves. Mon frère m'attendait, un livre à la main. Je n'eus pas le temps de déplier mes vêtements qu'il m'expliquait ce qu'il en était du travail d'acteur en se référant à l'ouvrage d'un metteur en scène d'origine russe. Il me le mit entre les mains. J'étais fatiguée, je le pris et rentrai déposer mes sacoches de vélo dans ma chambre. Entre les trempettes et les bains de soleil, j'entamai le livre savant de cet homme de théâtre, illustre au demeurant, et dont j'ignorais tout. Entre-temps, nos échanges se nourrissaient de souvenirs d'enfance. De fait, nous parlions peu. J'avais 23 ans, et lui 32. J'étais trop sérieuse ; il était trop drôle. Les choses en restèrent là jusqu'au moment où notre mère arriva avec des provisions et de quoi meubler les conversations. J'achevais le traité du dramaturge.

J'étais au chalet depuis cinq jours déjà et notre père devait venir nous rejoindre pour le week-end. Je profitai de ces derniers instants pour faire remarquer à mon frère qu'à la télé, il n'incarnait ni un bourgeois de Molière ni un roi de Shakespeare, mais bien une nouille québécoise baignant dans une poutine bien grasse de la rue Panet. Il blêmit et ne m'adressa plus la parole de la journée. Ma mère me rabroua. Je n'en pensai pas moins. Je l'entendis fendre du bois à la hache. Qu'il se défoule, me dis-je, en pestant entre deux vlan ! Il devait me répondre à la fin. Mon frère jouait-il qui il était vraiment, en dépit des répliques ridicules qu'il débitait à la caméra ? Qui était le cuistre ayant inventé ce personnage imbécile, cette créature burlesque, le seul qui profitait du quiproquo en somme ? Sans réponse, je profitai de l'arrivée de mes parents pour regagner la ville à vélo, à leur grand étonnement.

•

Les mois passèrent, la plaisanterie continua ; de fait, elle s'étirait en longueur et perdait en comique ce que mon frère gagnait en argent. Dans une émission, il avait même montré ses fesses. J'étais découragée et j'enrageais.

Il allait trop loin. Pendant ce temps, mon frère subsistait, engrangeait et avait troqué son loft improvisé pour meubler un bel appartement sur l'élégante rue Cherrier, non loin des grands cafés. Il rencontra des filles et trouva une fiancée du nom d'Amandine. Grande et maigre, elle œuvrait dans le mannequinat, fit-elle savoir aux journalistes. Dans un magazine, je vis la photo de mon frère, le comique, avec sa conjointe osseuse. Le couple de l'année faisait la tournée des boîtes. Un journaliste annonçait qu'ils allaient lancer un disque d'humour ; un autre révéla qu'ils préparaient un film comique. Les producteurs jouaient du coude pour obtenir les droits, tous les droits possibles. Ça n'arrêterait donc jamais ?

Un jour, ma mère m'apprit que mon frère s'était séparé. Elle voulait que je le sache avant que les journaux ne s'emparent de la nouvelle. Elle ajouta qu'il se plaignait sans cesse d'être reconnu, que sa vie était devenue un véritable enfer, et son enfer, le nôtre par la même occasion. Ma mère étouffa un sanglot. Puis, elle continua pour me confier qu'Amandine le dénigrait dans les revues de vedettes et qu'elle se poussait d'une émission à l'autre pour mousser sa cause. Elle cherchait à lui soutirer de l'argent. Des potineux se mirent sur sa piste. On le photographia devant une maison décrépite à Cuba. On trafiqua l'image en y ajoutant des femmes et des enfants tirées d'une autre. On lui composa une famille à l'étranger. Le photomontage fit le tour du Web. On en jasait dans les chaumières. Céréales avait-il une famille qu'il cachait ? On chercha de mille manières à le faire sortir de sa réserve.

En refusant de jouer le jeu, mon frère s'était attiré les foudres des petits journalistes qui lui avaient construit une vie délirante. Décidément, il amusait tout le monde, maugréa mon père, un soir, après avoir écouté une émission de variétés où l'on vantait ses dernières frasques. Ce à quoi ma mère répondit qu'on ne pouvait espérer mieux avec les problèmes de dyslexie qu'il n'avait jamais réussi à surmonter. Je les regardai, incapable d'en dire davantage. Mon père haussa les épaules et sortit fumer une cigarette sur la pelouse. Ma mère soupira en allant faire la vaisselle. Il était temps pour moi de quitter la maison familiale et de voler de mes propres ailes. Le lendemain, j'achetai avec humeur un journal pour consulter les petites annonces. Je visitai plusieurs taudis loués à prix d'or. Je finis par trouver un logement agréable au-dessus d'un duplex. Je signai le bail et passai le reste de l'été à m'y installer, au grand désespoir de mes parents qui s'imaginaient le pire, alors que je m'ingéniais à créer du mieux.

•

Une nouvelle année scolaire débuta. Je me mis au travail avec sérieux et dévouement, passant tous mes weekends à corriger les copies bien bourrées de fautes et à préparer mes cours pour ces garnements qui me faisaient pester avec leurs coups pendables. Je m'engageai dans le travail une fois pour toutes. Mais mon frère me hantait. Oui, je concevais qu'il avait besoin de jouer pour faire son métier d'acteur; oui, grâce à son rôle à la télé, il était payé, vêtu, nourri, mais, en retour, il devait payer de sa personne pour nourrir et vêtir son personnage. Semaine après semaine, au petit écran, il faisait crouler de rire toute la province. Je le voyais enchaîner les épisodes les uns à la suite des autres dans une farandole de situations loufoques incarnant la bêtise au cœur d'une famille de tarés. Au lieu de s'en sortir, mon frère s'enfonçait, nous

74

entraînant tous avec lui, par association. Je le méprisais. Je résolus de ne plus écouter ses émissions ridicules.

•

Encore aujourd'hui, mon frère a la même coupe de cheveux qu'à l'époque, les mêmes vêtements froissés, les pantalons étriqués et les chaussures bleues à bout carré. Bref, il a toujours la même gueule de type drôle. Céréales. Et, trente ans plus tard, les gens le reconnaissaient toujours. Encore et toujours, avec amour. Inlassablement. Un vrai poison.

Un jour, mes parents vendirent la maison. Ils s'installèrent dans un grand appartement, en location, au centre-ville, maintenant que mon père était à la retraite. Pour ma part, j'ai changé de collège et obtenu ma permanence d'emploi. J'enseigne toujours. Je me suis mariée avec un professeur de sciences et j'ai eu deux enfants, Clara et Vincent. Nous n'avons pas la télévision. Je ne vois presque plus jamais mon frère. Quand j'ai des nouvelles de lui, nous communiquons par une caméra miniature intégrée à nos portables. Skype. Au fond, rien n'a changé. Mon frère reçoit toujours des émoluments provenant de la rediffusion des émissions comiques l'ayant fait connaître. Il a maintenant un agent qui s'occupe de gérer sa carrière. Il continue à faire le clown. Le rôle de sa vie.

En ne changeant ni d'allure ni de coupe de cheveux, mon frère a néanmoins conservé son air de jeunesse. La vraie jouvence est faite d'humour. Les gens qui le reconnaissent encore dans la rue ont pourtant vieilli. Les admirateurs d'hier qui l'assaillent aujourd'hui lui disent inlassablement que lui et son personnage ne font qu'un.

Il n'a pas trouvé d'autre travail et n'en a pas cherché non plus. Céréales fait son comique. J'ai lu dans le journal qu'il s'était marié avec une grande blonde rigolote. Ensemble, ils ont lancé une entreprise d'amuseurs publics qui fait fureur. Ils vont dans les hôpitaux faire rire les malades ; dans les garderies, ils chantent ensemble des chansons drôles ; dans les écoles, ils amusent les enfants et, dans les bureaux, ils font la fête. C'est fou ce que les gens ont besoin d'eux pour rire. Alors, hier, j'ai pris rendez-vous.

Vies parallèles

Inséparables. C'était mon meilleur ami, un allié indéfectible, nous étions toujours ensemble à refaire le monde, jour après jour. J'ai rencontré Jocelyn Tanguay au cégep, dans les cours de sciences humaines. Nous formions un groupe d'amis qui suivait le même programme, Jocelyn, Jacques, Claire et moi : cours de géographie humaine, sociologie du vivant, initiation au marxisme, histoire de la Seconde Guerre mondiale, anthropologie du précambrien. Nous étions aussi dans les mêmes cours de formation générale : cours de linguistique où l'on apprenait à écrire en langage phonétique et en espéranto ; cours de philosophie où l'on se servait du *Nez qui voque* de Réjean Ducharme pour traiter de l'homme, cette passion inutile ; enfin, cours de badminton où l'on apprenait à faire passer le volant d'un côté à l'autre du filet en suivant les règles et en les outrepassant par des smashs foudroyants.

C'était la folle époque des années soixante-dix, une décennie empreinte d'insouciance. On continuait à apprendre sans trop savoir pourquoi et ce à quoi nos connaissances nous serviraient. Évidemment, entre deux cigarettes, Claire et moi fumions de l'herbe de temps en temps, mais, généralement, je puis dire que nous nous passionnions pour la réalité politique en compagnie de Jocelyn et de Jacques qui imitait les politiciens les plus connus. 1976. Élection du premier gouvernement indépendantiste. René

Lévesque. Proclamation de la Loi 101. Année de grand cru s'il en fut et j'en étais.

Inséparables. Nous faisions nos travaux ensemble. Nous discutions sans fin sur le sort de la planète, l'hypothèse Gaïa de James Lovelock. Nous lisions les grands classiques. En classe, nous dissertions sur la théorie des deux infinis des *Pensées* de Blaise Pascal, *La ligne du risque* de Pierre Vadeboncoeur et de l'humour cosmique dans *Le vent Paraclet* de Michel Tournier. Sans fin. Lui et moi. Inséparables, jour après jour, cours après cours, toujours.

La session terminée, Jocelyn m'invita chez lui. Il voulait me présenter ses parents. Je mis ma plus jolie robe et j'arrivai, rue Galt, devant un modeste duplex de briques. Je sonnai. Debout, bien droite, sur le pas de la porte. J'attendis en plaçant les bouclettes de mes cheveux roulant sur mes épaules. Ding! Dong! Personne? Je fis hardiment le tour par l'arrière, bien décidée à comprendre si, oui ou non, Jocelyn m'avait posé un lapin. Ce n'était pas son genre pourtant.

De toutes les têtes folles et échevelées qui composaient les étudiants des groupes en sciences humaines, Jocelyn Tanguay était la tête la plus solide et la mieux faite. C'était un jeune homme constant qui persévérait dans ses études. De grandeur moyenne, il était maigre. Ses cheveux blonds et raides tombaient autour de sa tête comme une botte de foin. Il avait de beaux yeux bruns, mais sa peau était tavelée d'écorchures, stigmates d'une acné juvénile. Il était toujours vêtu d'un jeans et d'un t-shirt. Au pied, il chaussait des baskets, avec simplicité. Toute son allure exprimait son désintérêt pour l'apparence. Son regard, toujours évitant, trahissait un malaise qu'il éludait en se concentrant sur les choses de l'esprit. Bref, sans être beau, Jocelyn Tanguay était différent et son intelligence m'attirait. Il déployait une ferveur frôlant la véhémence quand, en classe, il se lançait dans les questions philosophiques. Sa passion le transfigurait. Quand il participait à un débat, Jocelyn semblait animé d'une fièvre qui ne tombait pas.

Quand j'arrivai derrière la maison, je vis un escalier que je montai. Et, sans plus de cérémonie, je m'approchai de la moustiquaire servant de porte. J'entendis deux voix qui délibéraient l'une l'autre dans un dialogue emporté : je reconnus la première très distinctement. C'était celle de Jocelyn. La seconde, celle d'une femme mûre, devait probablement être celle de sa mère. Je décidai de manifester ma présence en cognant sur le cadre de la porte et en criant un joli «Youhou ! Il y a quelqu'un ? » de bon aloi. Les voix se turent sur le champ. Jocelyn arriva pour venir m'ouvrir. Il me salua. Soupirant sur le pas de la porte, il leva le loquet me permettant de franchir le seuil et il me dit d'une voix forte, de façon à ce que son interlocutrice l'entende :

— Entre, Marguerite ! Entre, je vais te présenter à ma mère. Viens, n'aie pas peur !

— Tu es certain que je ne dérange pas, parce que... je puis revenir une autre fois, tu sais, moi... je n'en ferai pas un drame, tu me connais...

— Mais non, mais non. Un drame ! Mais de quoi parles-tu à la fin ! Je veux te présenter à ma mère. Mamaaaaan ! Marguerite est là !

Là-dessus, en une enjambée, je passai le pas de la porte pour arriver dans une immense cuisine blanche où une grande femme rougeaude était en train de se dégager le nez en ôtant ses lunettes. Pon ! fit-elle, les yeux rouges, le visage à moitié camouflé par son mouchoir de tissus blanc.

— Bonjour, Marguerite ! fit-elle. J'ai le rhume des foins ! Ne fais pas attention à mon état !

— Ah ! C'est l'allergie aux...

— Marguerite, il faut que je te dise, commença Jocelyn...

— Oui, Marguerite. Jocelyn doit te le dire, assura Madame la mère.

— Oui, qu'y a-t-il, Jocelyn? m'enquis-je avec curiosité ne sachant plus ce que je devais croire dans cette suite de mises en scène cherchant à déguiser les malaises de l'un et de l'autre.

Je remarquai soudain un changement. Sous le coup de l'émotion, d'un coup, Jocelyn s'assombrit. Pour une fois, il me regardait les yeux dans les yeux sans m'éviter. Je compris que la situation n'était pas ordinaire et que j'étais arrivée en plein mélodrame familial. Jocelyn prit une feuille qui trônait sur la table de la cuisine, sur la nappe de plastique jouxtant un bol de fruits où s'empilaient des pommes et des oranges.

— Marguerite, je dois te dire quelque chose d'important, commença-t-il.

— Ah bon? fis-je d'une voix faussement naïve, car l'instant était solennel.

— Je suis un enfant adopté, m'avoua-t-il le plus sérieusement du monde, les yeux au sol, de nouveau.

— Ah bon? redis-je, avec un nouvel aplomb que je ne me connaissais pas.

Je compris alors que la femme qui pleurait était sa mère adoptive et que le document bariolé de signatures qu'il me tendait était son véritable extrait de naissance. Je pris le papier; il n'était pas écrit en français. Le document comportait des symboles religieux qui m'échappaient. Pendant que j'essayai de déchiffrer le document, Jocelyn expliqua ce qui m'apparut être une invention prodigieuse de sa part. Jocelyn n'était pas Jocelyn. Jocelyn, mon ami, mon collègue, mon frère, Jocelyn Tanguay était né Isaac Steinmann dans une famille juive. Sur son extrait de naissance, sa mère était identifiée comme étant Magdalena Rosenberg. Le drame familial prenait des proportions inattendues. J'étais maintenant en pleine tragédie biblique.

— Marguerite, je viens d'apprendre que j'ai des frères. Ma mère adoptive vient de me le révéler. Je dois partir à leur recherche pour les retrouver. Ce sont eux qui constituent ma vraie famille. Marguerite, je ne suis pas Jocelyn Tanguay, un Québécois de religion catholique; je suis Isaac Steinmann, un juif à la recherche des siens sur la terre promise, laissa-t-il tomber d'une voix sourde, mais déterminée.

Je regardai Mme Tanguay qui hoquetait dans son mouchoir. Elle opinait en répétant:

— C'est vrai. Je ne suis pas sa mère biologique. Je suis sa mère adoptive. C'est vrai. Même après tout ce que j'ai fait pour lui... tout ce que j'ai fait...

— Mais enfin, les photos qui décorent le mur du fond, fis-je, en pointant une jeune femme et un homme portant un uniforme militaire, qui est-ce?

— C'est ma demi-sœur, Christine, et lui, c'est son mari, le lieutenant Macleod. Ils se sont mariés l'année dernière.

— Elle aussi, adoptée, Marguerite! précisa la mère. On ne pouvait pas avoir d'enfant, Roger et moi! Alors, on a cherché à adopter. Avant, c'est ce qui se faisait. On a trouvé une petite fille qu'on a appelée Christine. Ensuite, on a trouvé un garçon, qu'on a appelé Jocelyn. On les a élevés du mieux qu'on a pu, dans la religion de nos pères et mères, et avec nos valeurs canadiennes-françaises. Je n'ai rien à me reprocher.

— Non, et je ne te reproche rien, maman. Mais je veux rencontrer ma vraie mère, comprends-tu? C'est de mon identité qu'il s'agit après tout! fit Jocelyn-Isaac avec insistance.

— Mais sais-tu où est cette femme, maintenant? lui demandai-je, stupéfaite.

Ma question provoqua un déluge de pleurs chez la dame d'adoption qui réclamait un peu de considération pour son amour-propre. Néanmoins, elle dit:

— Magdalena Rosenberg résidait à Montréal. C'est là qu'elle doit encore rester.

— As-tu son adresse, Jocelyn? fis-je, en regardant Isaac.

Il me regarda et un nuage noir embruma d'un coup son regard. Si je connaissais bien Jocelyn, je n'avais jamais rencontré Isaac et je n'étais pas sûre de bien m'entendre avec celui-là.

— Oui, Marguerite. Elle reste dans le Mile-End. Mais elle (il désignait sa mère adoptive), elle ne veut pas me dire où... fit-il, en tapant du pied et en détournant la tête de sa fausse mère.

— Marguerite, tu arrives à un bien mauvais moment. J'aurais préféré te rencontrer un autre jour, fit la pauvre femme. Là, franchement, c'est la pire journée de ma vie...

Là-dessus, la bonne dame prit un crayon et griffonna une adresse sur un bout de papier et la lui tendit en disant:

— C'est sa dernière adresse connue, Jocelyn. Je ne peux rien de plus pour toi.

Et elle partit dans une autre pièce de la maison en pleurant.

— Bon. Ben... je pense que... commençai-je, en m'empêtrant...

— Marguerite, je suis content que tu le saches.

— Oui. C'est fait. Je le sais. Maintenant, je dois te laisser.

— Je dois la trouver, vois-tu. C'est ma vraie mère.

— Oui, bien sûr. Bonne chance... Isaac?

— Non. Pour toi, je reste Jocelyn. Isaac, c'est pour ma famille. Quand je l'aurai trouvée.

— Bonne chance, Jocelyn.

— Salut, Marguerite.

Je repartis chez moi, dans ma plus belle robe, chavirée par les événements. Je ne revis plus Jocelyn-Isaac des années durant. Sa nouvelle identité nous avait séparés.

•

Dix ans plus tard, par hasard, je revis Jocelyn à l'angle des rues Rachel et Saint-Dominique. J'hésitai. Était-ce vraiment lui ? Finalement, on se reconnut et il me salua rapidement, cherchant toutefois à m'éviter du regard. Ce geste, c'était bien lui. Oui.

— Jocelyn, c'est bien toi ; allez, je t'ai reconnu ! Comment vas-tu ?

Et je lui demandai ce qu'il avait fait de bon durant tout ce temps. Il me répondit qu'il était venu casser son bail tout en plongeant son regard au sol, sur la chaîne du trottoir qui fuyait derrière moi. Par curiosité, je lui demandai où il avait loué. Il me dit «Là...» Et, d'un signe de la main, Jocelyn me pointa un immeuble de luxe dont le prix mensuel de location devait être prohibitif. Je le regardai, médusée en me disant que c'était bien une folie de Jocelyn que de louer un studio à prix d'or sans avoir sou qui vaille. Au fond, il n'avait pas changé.

Toujours vêtu d'un jean et d'un t-shirt, il portait en ce printemps frisquet un blouson de cuir pure peau avec un col de mouton brossé qui lui donnait le look sexy d'un mauvais garçon. Je l'invitai à prendre un café. Il accepta. En marchant, je remarquai l'usure de la semelle de ses baskets et un trou. Je compris que ce serait moi qui paierais.

On marcha vers l'avenue Mont-Royal et on parla de choses et d'autres, joyeusement, comme avant.

Je lui demandai ce qu'il avait fait ces dernières années. Il me raconta avoir voyagé au Brésil, au Mexique et aux États-Unis. Je l'enviai.

— Et… ta mère? L'as-tu retrouvée?

— Une mère, mais j'en ai une, voyons! Et toi, Marguerite, qu'est-ce qui t'es arrivé? s'enquit-il, changeant vite de sujet.

— Tu sais, commençai-je, Jacques et moi, on se voyait parfois…

— Oui, oui. Je l'ai revu à un moment donné… Et alors?

— On a été ensemble quelques années.

— Ensemble? Vous deux?!

— Oui. Tu n'étais pas au courant?

— Non. Moi, j'ai décroché pour partir à l'aventure! Je ne suis pas resté coincé ici, tu comprends!

— Ben, pendant que tu bambochais, j'ai fait une maîtrise et j'ai commencé un doctorat. Et puis, Jacques a rencontré quelqu'un… et je me suis retrouvée parent solo.

— Jacques t'a plantée là, avec un enfant! Un délit de fuite? Le lâche!

— Ne dis pas ça comme ça, s'il te plaît, Jocelyn.

Je lui expliquai que ce n'était pas simple, que Jacques s'occupait de son enfant de temps à autre, mais que ma situation financière était précaire. Je cumulais un poste d'assistante de professeur et je faisais de la correction de texte à la pige. Jocelyn s'arrêta de marcher pour se retourner et me dévisager avec une étrange lueur dans les yeux; puis, tout de suite, il détourna la tête pour regarder à l'avant et il reprit son erre d'aller. Son regard m'avait traversé de part en part. Bon sang! Jocelyn était-il devenu méchant? Il semblait n'éprouver aucune compassion; bien au contraire, il se moqua de moi.

— Mais enfin, Marguerite, sortir avec ce type qui t'a engrossée comme le bourgeois sa servante, tu pensais l'élever toute seule, cet enfant? Comme...

Et je faillis ajouter : « Comme ta mère biologique aurait dû le faire avec toi ? » Mais je ne le fis pas, et lui non plus. Une fois tus, nous continuâmes à avancer et, simultanément, nous changeâmes de sujet. Alors, il se tourna avec un sourire aimable pour me lancer, comme s'il s'agissait d'une provocation :

— Marguerite, il faut que je te dise ! J'écris un opéra rock !

— Quoi ? Mais tu n'as jamais écouté de musique de ta vie ! Tu n'aimais pas ça !

— Ça, c'était avant. Maintenant, je ne fais que ça. La musique, c'est ma vie.

— Tu fais de la musique rock ! Tu joues quoi ?

— Je me suis mis à la guitare électrique, me répondit-il le plus sérieusement du monde.

Comme je ne répondais pas, il enchaîna :

— Et toi, tu écoutes encore du Léo Ferré et du Barbara ? me lança-t-il avant de s'esclaffer. Pfff ! Jacques Brel ! Voyons, Marguerite, c'est fini, tout ça. Maintenant, c'est le rock qui marche. Le métal. Et j'ai un contrat de l'évêché de Sherbrooke pour contrer le rock satanique.

— Qu'est-ce que tu me racontes là, Jocelyn ! C'est une blague ? fis-je les yeux ronds. Là-dessus, Jocelyn s'esclaffa encore plus.

— Je te le dis, Marguerite ! Je peux te montrer. J'ai commencé un truc.

— Ah ! mais... je te crois ! Ça va ! Et on te paie pour ça ?

— Pas beaucoup, mais on me paie. Je retourne à Sherbrooke pour travailler avec mon *band*.

— Ta bande ?

— Oui. Je fais partie d'un groupe, un genre de gang… On fait du rock évangélique !

Il y avait quelque chose qui ne collait pas. Alors, j'ai rapidement fini mon café, je l'ai salué et je suis partie, sonnée. Comme si j'étais sous le coup d'une immense fatigue. Un calvaire du Christ. Ou quelque chose du genre qui reste indéfinissable dans le sable du désert qui avance.

•

J'ai continué ma vie et Jocelyn, la sienne. Il s'est mis à la poésie (il y dépeignait ses humeurs au fil des voyages) et au roman (il en publia trois, dont un faisant l'éloge de la normalité et qui fit grand bruit par l'ironie de ses propos homophobes frôlant l'antisémitisme). Je me demandais à quel moment il avait abandonné son opéra de catho. Et plus je songeais à lui, plus je trouvais qu'il avait un véritable talent pour le dérapage.

Quoi qu'il en soit, année après année, Jocelyn écrivait des œuvres dont la réception critique était variable. Je le rencontrai par hasard au Salon du livre de Québec et, entre deux stands, on discuta ferme de l'utilité des noms de plume. Il se mit à parodier son propre nom pour en tirer un Joyce Lynn de bon aloi. Pour ma part, je n'en voyais pas l'intérêt quoique le pseudo de Woody B. Frances aurait pu m'intéresser. Mais je compris que Jocelyn aurait préféré conserver l'anonymat, sinon porter un énième nom venant recouvrir ses deux identités pour en forger une troisième, publique. Plus il publiait, plus il trouvait douloureux d'assumer le poids de son identité d'enfant adopté sur la jaquette de chacun de ses livres. Là comme ailleurs, il lui avait fallu décliner son nom et son prénom, montrer son meilleur profil et faire une photo, donner ensuite une adresse et son numéro de téléphone. Ses éditeurs avaient dû lui envoyer les rapports des ventes et les chèques de droits d'auteur, communiquer avec lui pour trier les critiques littéraires et lui acheminer les demandes d'entrevue, comme dans n'importe quel business en somme. Je suivais sa carrière littéraire de loin, me posant mille questions, négligeant la mienne, alors qu'elle avançait, comme une ronce dans l'ombre.

•

Un jour, en me remémorant mes années de cégep, je me suis souvenu de Jocelyn. Pour une deuxième fois, je l'avais perdu de vue dix autres années. En vingt ans, quelqu'un change, me dis-je. Il avait peut-être guéri de sa double identité. Ça tombait sous le sens. Perdu de vue, feue l'amitié, la hargne au cœur... mais quel homme était-il devenu vingt ans plus tard, me demandais-je.

Pour ma part, j'occupais un poste de professeure de français dans un cégep et j'avais soutenu avec succès ma thèse de doctorat. J'avais publié six recueils de poésie chez trois éditeurs. Quant à ma fille, elle entreprenait maintenant des études en biomécanique à l'Université de Montréal et elle faisait du bénévolat pour le Centre de santé des femmes. J'étais très fière d'elle. Le massacre des quatorze victimes à l'École polytechnique avait laissé des traces indélébiles dans les consciences; ma fille voulait mettre sur pied un centre d'urgence pour venir en aide aux étudiantes sur le campus. La direction refusait et laissait entendre que l'incident était clos, jusqu'à l'huis.

Ma fille s'entêtait; elle avait monté une équipe de béné-
voles. Son groupe réclamait des fonds pour les munir de
téléavertisseurs en cas d'urgence. La direction refusait.
Pas question. Les jeunes féministes se braquaient avec la
fougue conférée par cette prodigieuse volonté de changer
le monde. Le bras de fer continuait. Pendant ce temps,
un autre affrontement était en cours dans mes classes:
celui entre mes élèves qui scribouillaient en joual et la
langue française qui refusait de leur céder en relâchant
ses exigences.

En novembre, dans un journal, on annonça les finalistes des romans en lice pour le Prix des étudiants, comme
à chaque année. Nous étions déjà à la mi-session. J'avais
des piles de dissertations à corriger. Je partis pour le cégep
avec mon sac sous le bras et je démarrai la voiture en repas-
sant mon cours durant le trajet sur l'autoroute. Une fois
rendue, je montai dans l'ascenseur et je lus rapidement
l'article déclinant les noms des finalistes. Arrivée au cinquième étage, je vis que le nouveau roman de Jocelyn était
du lot. Comme il devait être content! me dis-je. Pourtant,
le titre n'annonçait rien qui vaille. *Critique du mémorial.*
Un roman tiré de quelque épitaphe mortifère? L'éditeur
non plus ne me disait pas grand-chose. Un type échauffé
par la guérilla sandiniste qui avait jadis nourri ses lubies
révolutionnaires. Il faisait partie d'une génération de têtes
brûlées qui, après un ou deux séjours en prison, avaient
troqué l'action directe pour se tapir dans l'embourgeoise-
ment des idées reçues et des coups de gueule.

Je pensais que le plus récent roman de Jocelyn devait
être très subversif, à la manière du secret foulé et refoulé
qui l'animait. Je déposai le journal sur une tablette de
mon étagère, entre les dictionnaires, une série de gram-
maires et de guides de procédés littéraires. Je soupirai en

sortant la liasse de rédactions et avant d'entrer en classe, j'eus le temps d'en corriger quelques-unes bien bourrées de fautes, mais pas trop mal torchées. J'oubliai Jocelyn. Jusqu'à ce qu'une querelle éclate entre mes collègues à son propos lors d'une assemblée départementale particulièrement haute en couleur où il était question du Prix des étudiants auquel nos élèves participaient.

Une collègue voulait interdire la lecture du livre de Jocelyn, car il s'agissait d'un ouvrage raciste et sexiste; d'autres refusaient et militaient contre cette tentative de censure. Propositions et contre-propositions se succédaient dans une mécanique dilatoire brillamment ourdie de part et d'autre. On n'en sortirait pas. Harassée par l'opiniâtreté de mes confrères et consœurs, je quittai les lieux et descendis à la coopérative étudiante pour acheter le livre dont il était question. Il fallait que je lise ça. Que je mesure le délire de ça. Que je vois l'effet de ça. Vociférant dans toute sa splendeur inégalée, ça m'appelait.

La libraire était sincèrement désolée. Il n'en restait plus un seul exemplaire. Elle se confondit en excuses. Ce genre de choses n'arrivait que très rarement, particulièrement pour les ouvrages de littérature, bafouilla-t-elle, au comble de la gêne. Je partis en haussant les épaules et passai à mon bureau chercher mon manteau. Une fois dehors, j'allai à ma voiture et je démarrai en trombe pour trouver quelque exemplaire du brûlot.

Je fis quatre librairies à Montréal. À la cinquième, je mis enfin la main sur le dernier. Je l'achetai pour ensuite m'engouffrer dans un café où je trouvai une petite place. Autour de moi, les gens discutaient tranquillement, jouaient aux échecs ou échangeaient des banalités de bon aloi autour d'un café au lait. Le monde continuait à tourner. Rassurée, j'ôtai mon manteau, je sortis mes lunettes, les posais sur mon nez et j'ouvris enfin ce *Critique du mémorial* dédié à Jean Basile, dit le Grand Khan de *Mainmise* sur le Plateau. Tiens! Jocelyn n'était-il pas jusque-là l'émule de Robert Lévesque, grand dragon des petites lettres d'ici qui citait allègrement Jouhandeau dans le texte?

Je poursuivis ma lecture. Dans une écriture féroce, par le truchement de son narrateur, Nolens Volens, falot verveux d'origine italienne et déclassé notoire, Jocelyn faisait le procès des poètes fonctionnaires qui avaient fait en sorte que les jurys soient composés de leurs pairs pour constituer un système leur permettant de s'octroyer les prix et les subventions du ministère de la Culture en se concélébrant. L'ouvrage de Jocelyn pliait le réel à sa fiction avec une vigueur remarquable emmêlée à un délire exacerbé. Surprise, je découvrais un Jocelyn ravageur, ferrailleur, bref un duelliste de premier ordre en mal de cape et d'épée. Je repris un autre expresso. Noir. Bien serré. Je passai un excellent après-midi à tourner les pages de ce pamphlet endiablé empreint d'un sadisme raffiné. Parce qu'il m'avait nommée.

J'étais dans ce roman, sous mon propre nom, traduit en allemand. Miss Grünwald. Moi! *Ja! Ich bin sicher!*[1] Il m'avait fait ce coup-là. Le nigaud. Le saligaud. Le salaud. Néanmoins, à sa décharge, je puis dire que son propos réjouissait à force de volubilité, fut-il acerbe. Je me demandai comment il avait forgé ces ragots fictifs, ces rumeurs susurrées et autres persiflages sulfureux qui fleuraient une fielleuse fétidité. J'étais outrée. En tournant la dernière page de l'enivrant procès, je devinai la suite. Hélas, c'était la principale faiblesse de l'ouvrage.

---

1. Traduction libre: Oui! Je suis sûre que oui!

Jocelyn Tanguay fut traîné dans la boue par les principaux intimés qui, pourtant, ne réclamèrent aucune réparation pendant que l'écrivain dézoné vitupérait sur la place publique réclamant le droit d'être reconnu dans son propre pays. Les poètes vendirent beaucoup de livres, y compris moi ; ils écrivirent aux journaux pour se faire valoir, attisant la fâcherie par leurs propos incendiaires, ce que je ne fis pas.

Pendant ce temps, au département, les esprits s'échauffèrent. Des collègues en vinrent aux poings. Certains prirent pour moi et d'autres, contre. Le syndicat tenta de calmer le jeu. Paniqués, les coordonnateurs demandèrent l'intervention de la direction à la suite de plaintes des parents, car certains jeunes participaient au processus de sélection du gagnant du fameux Prix des étudiants et ils étaient pris à partie durant les cours. On déposa des griefs. Des psychologues furent dépêchés pour colmater les rebuffades et rodomontades, mais le mal était fait et il était trop tard. Déchiré par des guerres intestines, le département avait volé en éclat. Ce n'était pas le seul.

Partout, la *Critique du mémorial* avait semé la zizanie. Ce théâtre de l'opprobre répandit les querelles des maîtres et occasionna de véritables foires d'empoigne chez les élèves. Un universitaire abscons, titulaire de son état, se manifesta pour s'en prendre à ce qu'il nomma la vacuité ignominieuse d'une œuvre pléthorique. Les apparatchiks de l'enseignement supérieur mirent sur pied des États généraux pour savoir si on allait finalement accorder ce prix. On convoqua des agrégés à un colloque afin que les spécialistes de diverses esthétiques se penchent sur l'affaire. On vint de toutes les régions du monde pour parler de la dispute qui, de chicane de clochers, se transforma en controverse de poéticiens du baroque postmoderne. Pour bien faire, les médias s'emparèrent de l'affaire et les fats furent alertés. Dès lors, on laissa braire les décérébrés au comble de l'exaltation.

Pendant ce temps, je terminai la session avec bonheur en corrigeant des piles de dissertations.

Littérature

Quand j'ai commencé dans le métier, j'avais le cerveau farci de théories littéraires. Pour me permettre d'acquérir de l'expérience sur le terrain, on me jumela à un vétéran de l'enseignement, un professeur qui en était à sa dernière année, préretraité de son état. Pour moi, c'était un vieux avec lequel je n'avais aucune affinité, un homme d'une autre génération qui avait fait le cours classique, ne lisait pas *Le Devoir* et ignorait tout de *La poétique* d'Aristote ou de l'article « Frontières du récit » de Gérard Genette et de l'important essai de Roland Barthes intitulé *Le degré zéro de l'écriture*. En plus, il négligeait la versification classique. Mais il avait eu la bonté de me prendre sous son aile pour m'inculquer sa pédagogie dans une école publique où l'on s'ingéniait à réintégrer une poignée de délinquants qui faisaient la vie dure aux professeurs. Je lui étais redevable pour cette raison.

C'était un type sévère, mais juste. Pour survivre en milieu hostile, il avait édicté des principes dont le premier était de ne jamais être atteint émotionnellement. D'après ce qu'il me disait, il était de la vieille école, celle qui interdit, censure et croit en l'utilité de l'*Index*, parce qu'il existe vraiment des auteurs dangereux. Selon lui, les prêtres avaient eu raison et Baudelaire n'était qu'un malade. En moi-même, j'ajoutai que la révélation du secret de Fatima présageait d'un avenir funeste pour nous. Pauvre Canada.

Il m'abandonna ses classes pour que j'y fasse les miennes. Cela fait, il partit en Floride se faire bronzer sur la plage. Durant son absence, je réussis à expliquer aux jeunes ce qu'étaient les principales figures de style, le discours à caractère poétique dont le sonnet, l'alexandrin, comment savoir quand un « e » est muet à la fin d'un vers, les rimes riches, suffisantes et pauvres, puis l'arrivée du vers libre se dissolvant dans la prose. Joyeuse et enthousiaste, je n'en finissais plus d'expliquer. Je leur fis faire des poèmes sur des sujets d'Amérique. On lut *Le vaisseau d'or* d'Émile Nelligan, revu et corrigé par Louis Dantin, et avec Alfred DesRochers, les gars découvraient les métiers de leurs ancêtres : *Chasseurs, trappeurs, scieurs de long, flotteurs de cages/Marchands aventuriers ou travailleurs à gages...* Je débordais de fougue et d'ardeur.

Puis je passai au niveau collégial où il se libérait des postes de professeurs à plein temps. La réforme n'avait pas eu lieu. On enseignait encore les œuvres classiques alors qu'au secondaire, le Ministère avait imposé le « s'éduquant », le locuteur, la théorie des discours et la littérature jeunesse. Le choc que vivaient les jeunes était palpable. Le passage de l'école secondaire au cégep ne se faisait pas sans heurt.

De fait, plusieurs ados ne comprenaient pas l'intérêt de lire des romans qui jusque-là se présentaient sous la forme de textes à caractère narratif. Ils avaient été formatés pour répondre aux consignes, non pour produire des analyses littéraires nuancées au « il » impersonnel et au présent historique. J'avais eu maille à partir avec quelques gars qui portaient de grosses casquettes et qui refusaient la nouvelle donne. C'était la fin de la session ; chaque jour, je me disais que j'allais perdre ma vocation. Plus jamais je n'enseignerais, c'était certain. La résistance était trop pure, trop dure.

Lors de la surveillance de la rédaction finale, pour m'occuper, je me mis à écrire moi aussi, tout contre eux, alors même qu'ils planchaient non loin, à la surface des mots. À ma gauche, un café achevait de tiédir dans son rêve de styromousse. Je les voyais s'échiner sur *L'étranger* de Camus, le soleil, la mort de l'Arabe, loin de l'Algérie qui ne les atteignait même pas. Comme tout ce qui constituait les manchettes de l'actualité. Je me levai pour arpenter la classe ; évoluant entre les rangées, je me disais que, pour eux, la littérature constituait un exotisme que plusieurs finiraient sans doute par apprécier vers trente ans. Je les avais obligés à venir au théâtre à Montréal. La grande ville les avait effrayés ; certains s'étaient perdus dans le métro, d'autres avaient oublié l'heure de la pièce et ils s'étaient cogné le nez sur une porte close. Un fiasco. Plus jamais, m'étais-je promis.

Quand j'avais leur âge, je venais à Montréal pour bouquiner dans les petites librairies. À la recherche de l'identité perdue. La libraire connaissait les écrivains comme quelqu'un, ses amis. Sur la Rive Nord, les jeunes mènent une vie-parking magasinée dans les dépôts de grande surface. J'essayai pourtant de me mettre à leur place. Entre un cours de chimie de la bière et un cours d'histoire du cinéma hollywoodien flottait l'île des cégépiens.

Imaginaire du pouvoir d'achat recyclé. *Terra incognita* peuplée de détectives paranormaux, de zombies et de séduisantes *ultracyborgs* sans âme. Un univers d'hologrammes suant d'humanité virtuelle et d'intouchables aventurières de mangas au corps mi-nu et à la peau lustrée. Ados prodiges dévorés d'ambition à force de précocité mentale opposés à une meute de *skaters* analphabètes textant compulsivement les minutes de leur vie sur les réseaux sociaux. Les minutes !

J'en vins à penser que j'aurais dû être libraire. Ou notaire ? Qu'étais-je devenue à toujours préférer Camus à Bessette ? Pourquoi *L'étranger* triomphait-il du *Libraire* ? Je balayai du regard la classe quand mon regard croisa celui du cancre. Lui aussi avait l'air de ne pas savoir pourquoi il était là. L'absurde. Depuis le début de la session, il refusait d'apprendre, ne lisait pas les livres obligatoires et remettait des tests de lecture qu'il avait complétés par des réponses idiotes. Quel âge pouvait-il avoir ? Vingt ans, peut-être. Je me levai pour arpenter la classe et passai devant lui sans le voir. Son constant besoin d'attention m'avait épuisée. Il était incapable de réussir ce cours parce qu'il ne voulait pas. Aucun effort. Il canalisait toute son énergie pour nourrir sa résistance passive. Je me demandai pourquoi il ne décrochait pas.

Genre de tache qui stagne, s'agrandit et ne s'opère même pas, proliférant semaine après semaine, il persistait à s'incruster. La calotte décollée du front flottait sur ses cheveux emmêlés. Devant les feuilles blanches, une boîte de mouchoirs de papier et de décongestionnants extraforts. Toujours malade lors des évaluations. À chaque rédaction, quelqu'un de sa famille était mort : son grand-père, sa grand-mère, son oncle. Les terribles maladies qu'il avait inventées au cours de la session. Ce coup-ci, pour justifier son retard, faute de temps, il avait évoqué le suicide de la fille du nouveau conjoint de sa mère.

— Presque ma vraie sœur, madame, avait-il dit d'une voix larmoyante.

— Voici ton sujet de dissertation, Bernard, fis-je en un souffle.

— Vous me croyez pas ? avait-il fait, incrédule.

— Regarde, il reste une place au fond.

— Vous me croyez pas ! avait-il soufflé, hébété.

— Mes condoléances, sincèrement, lui avais-je dit d'une voix blanche.

Pour lui, écrire, c'était la mort. La mort des autres vivants. Lire. Écrire. Se retrouver fin seul avec la *petite voix du dedans*, comme disait Léo Ferré dans une chanson. Qu'il ne connaissait pas de toute façon. Enfant rose de la banlieue du vide. Tête de télétubbies chapeautant la carrure naturelle d'une armoire à glace. *Je suis un fils déchu de race surhumaine.* Tu n'es plus seul, Alfred. Des milliers comme toi. Il m'avait demandé la différence entre le premier ministre du Québec et celui du Canada. Vingt ans. Ignorant. Du début à la fin.

Chaque fois que je l'avais poussé avec un sujet, il avait reculé. Prêt à tomber dans le précipice. *L'étranger*, c'était lui. Sans le livre. Sans mot. Pour tout dire. Le temps passait et la classe se vidait peu à peu. Il écrivit enfin quelques mots pour éviter le degré zéro. Je retournai m'asseoir à mon bureau. En avant. Attendre qu'il finisse et s'avance à son tour. Depuis le désert. Dans son silence. Je me souvins de cette bravade qu'il m'avait lancée en début de session :

— Moi, madame, je n'ai jamais lu un livre au complet !

J'espérais encore. Qu'il s'y mette. Qu'il parle de cet écrasant soleil. Celui venu de l'intérieur. Ce feu qui éblouit sans éclairer ni étouffer ou chauffer. Puissance venue des profondeurs qui sèche la moiteur de l'angoisse. Attendre. Espérer. Qu'il m'explique l'incontournable responsabilité de Meursault. Dans la spontanéité de son geste. Meurs, sot ! Je n'en pouvais plus d'attendre. Derrière mon bureau. Dans cette classe nue sans livres.

Plus jeune, je rêvais d'être notaire. Écrire des testaments, consoler le veuf et l'orpheline, procéder aux transactions immobilières, célébrer les mariages, que sais-je ? Enfin. J'avais fait autrement. Enseigner n'a jamais fait mourir personne. C'est l'attente. Qui tue. Je n'en avais plus pour bien longtemps. J'assistai au passage à l'acte et je le vis ramasser ses affaires. Il partit en laissant sa copie sur place, là. Je pris les miennes en soupirant.

En retournant à mon bureau, la pile de dissertations sous le bras, je me découvris un sentiment nouveau. L'urgence de corriger. En rouge. Avec ma plume plaquée or. Ma plume qui brille. Affûtée comme une lame. Le couteau de l'Arabe.

Après la remise des bulletins, l'été vint et je partis en vacances. J'oubliai tout ça. Deux mois plus tard, lors de la rentrée scolaire, il m'attendait de pied ferme. Avec sa demande de révision de notes. Le bras de fer continuait. Il ne m'a pas lâché ; mais je ne lâcherai pas non plus.

École

Local 211, cours 396-314-04. Engagée à la dernière minute, j'entrai dans la salle de classe en mission spéciale : surveiller un examen dans un groupe d'ados endiablés. Leur professeur venait de tomber au combat : épuisement professionnel. Le syndicat était sur les dents. La direction haussait les épaules. J'acceptai le contrat au risque de me désintégrer en cours de route. Je pris la liasse de photocopies et je montai au combat.

On verrait bien.

Je sortis la feuille de présence pour décliner leurs noms. L'appel n'est-il pas le signal formel du début du cours ? Ils s'assirent avec humeur en me jetant un drôle de regard. Inconnue au bataillon, j'allais tenter ma chance. Quelques-uns commencèrent à placer leurs instruments de calculs, d'autres à aligner les crayons. Je rappelai que les téléphones cellulaires étaient formellement interdits. Les étudiants se mirent en frais d'éteindre leur bidule électronique. Cela fait, je distribuai enfin les questionnaires d'examen. Ils étaient prêts.

Moi aussi.

•

Dans la classe de mathématiques, le temps passe lentement. Les jeunes reniflent au-dessus de leur problème d'algèbre en calculant l'aire d'une pyramide. L'apothème se réfléchit jusque dans la sphère de leurs yeux. Je les vois docilement chiffrer la probabilité d'obtenir des nombres pairs sur les faces supérieures de deux dés lancés pour rire. Au plaisir de Dieu. Rapport d'angles, compas, calculatrice électronique, ils passent sans sourciller de Pythagore aux quanta pour trouver le volume d'une moitié de pample-mousse rose de sept centimètres de rayon. Déjeuner sous tétraèdre ?

•

Démocratisation de l'abstraction, chute du sentiment, binôme vivant d'un corps comprimé entre le bois et le papier. Ce matin-là, la performance était sous tension. Le cumul des efforts mentaux créait l'écart type entre les futures élites et le monde des désincarnés. Dans ce cadre, ce périmètre carré, s'il vous plaît, dites-moi l'angle d'une trilogie, l'orbe d'envol d'une fusée et le volume d'une étoile.

•

Ils marcheront bientôt sur la Lune, un micro à la main, souffrant vaguement de quelque mal indéfinissable, cher-chant à capter le chant stellaire des galaxies. Ils ne par-leront plus, ils émettront des signaux. Ils n'écouteront pas, ils feront du décodage. Et quand ils s'aimeront, nous nommerons cela de la désinformation.

Une fois trop hauts, trop purs, leur silence devenu trop blanc, ils ne sauront plus que faire des rêves, des sons et des couleurs. Alors, on leur offrira encore des problèmes à résoudre, des problèmes ayant une solution dans le corrigé. Nous aurons tout prévu. Même l'imprévisible. Plus de doute ni d'inquiétude. Le contrôle. La paix ultime. Le mur total.

•

Une fois le temps écoulé, je ramassai les copies et, à mon tour, je sortis dans la vie continue.

Sauveur

Quand je suis arrivée devant mon automobile ense-velie par les congères de neige glacée que les tracteurs de la Ville de Montréal avaient érigées tout autour, je me suis dit: «Deux heures, ça va te prendre deux heures, France!» Découragée, une pelle à la main, je regardais comment on avait encagé ma voiture dans ces montagnes de gadoue gelée. Déterminée à en sortir pour aller travailler, je commençai à pelleter dans cette neige faite de strates de verglas agglomérées les unes par-dessus les autres qui se retrouvaient jusque sous les essieux des roues. J'étais décidée. J'allais arriver à déloger ma voiture de son nid de neige, dussé-je piocher tout l'avant-midi. Tout était dit. Résolue, je me mis à gratter, bêcher, remuer et écroûter cette matière givrée et marbrée d'éléments chimiques indéfinissables.

Soudain, sorti de nulle part, un grand type super costaud et très gentil arriva avec sa pelle pour m'aider! En trente minutes, avec son aide providentielle, je délogeai ma voiture de la banquise! Quand je voulus le remercier, il était déjà parti. Je compris qu'un nouveau superhéros circulait dans mon quartier: le Déneigeur de Villeray!

Le cœur léger, je partis au cégep sans problème et je garai mon auto dans le grand stationnement déneigé. En entrant, je vis que l'équipe de crosse avait encore remporté le championnat. Des affiches annonçaient leur victoire et la remise de la coupe du collégial! Rémi me salua. Il était fier. Cette victoire était son œuvre. La plupart des joueurs étaient ses étudiants et il avait mis plusieurs heures pour parfaire leur entraînement. Leur victoire était la sienne. Je l'en félicitai chaudement puis j'allai à mon courrier prendre les messages pour ensuite monter au cinquième étage.

Une fois arrivée au bureau, mon manteau et mes bottes remisés dans l'armoire, je courus au sous-sol faire les photocopies requises. Chemin faisant, je saluai les collègues en diffusant la bonne nouvelle : l'équipe de crosse du cégep avait gagné. Oui, oui. Mon cousin Rémi était si content. Et chaque professeur de s'en réjouir. Par la suite, je réglai une foule de petites choses pour lesquelles le temps me manquait jusque-là, dont une révision de notes pour un collègue en dépression et la réservation de locaux gérés par les services d'orthopédagogie pour une douzaine d'étudiants. Depuis quelques années, tous les élèves présentant un diagnostic de dysorthographie, de dyslexie, de troubles de l'attention avec ou sans hyperactivité, les épileptiques et certains cas psychiatriques sous ordonnance profitaient d'accommodements raisonnables. Ils avaient droit à plus de temps pour réaliser leurs examens. On mettait aussi à leur disposition des locaux équipés d'une flotte d'ordinateurs avec logiciel de correction de texte et les services de surlignage des fautes d'orthographe. Du jamais vu. Je remplis donc mes demandes de service et je partis au pas de course enfiler les deux réunions départementales auxquelles je devais assister. Les choses roulaient!

À mon retour, je reçus l'appel téléphonique d'un adjoint à la direction. On me convoquait pour me remettre un prix d'excellence à titre de professeur de français. Je me présentai avec célérité, m'attendant à célébrer le premier avril. Un prix, moi. On ne reçoit jamais d'honneur après avoir assumé un poste au syndicat... La secrétaire du sous-fifre me fit entrer prestement. Son visage enfariné craquela pour laisser paraître un sourire. Elle referma la porte sur mon passage. Quand je vis mon cousin Rémi dans le bureau de l'adjoint, je sourcillai. Les prix venant souligner quelque accomplissement professionnel ne sont habituellement pas remis en catimini par les gestionnaires de l'institution qui vous emploie. Que faisait donc mon cousin dans ce bureau beige aux fenêtres ornées d'horribles stores verticaux, un bureau insignifiant qui foisonnait de bonzaïs zombifiés... L'adjoint, natif de la Gaspésie et d'origine micmaque, portait une chemise verte et une horrible cravate bourgogne sous sa veste saumon. Un grand trophée doré trônait devant lui. Ce devait être pour l'équipe de crosse. Dans le collège, on voyait leurs affiches et des tracts multicolores signalant leurs matchs qui placardaient les murs. Dans tous les bulletins d'information, on vantait leurs réussites et chacune de leur partie était décrite par deux élèves affectés à cette noble tâche dans le journal étudiant. Quant à Rémi, il était en grande conversation avec mon supérieur hiérarchique. Entraîneur de l'équipe maison depuis peu, il devait parler crosse avec son nez en l'air, son large sourire et ses mains dans les poches. Finalement, l'adjoint me vit.

— Ah ! Madame Boisvert ! fit-il d'une voix gentille.

— Tiens ! France ! Enfin, te voilà ! enchaîna Rémi, content de me revoir.

Son visage s'anima d'un rictus quand il me fit la bise.

— Hé bien, messieurs ! En voilà une surprise, lançai-je aux deux hommes, les regardant tour à tour.

— Madame Boisvert, commença lentement l'adjoint.

Puis il s'arrêta pour lancer un regard désespéré à Rémi. Ces deux-là se connaissaient depuis des années. Ils avaient enseigné dans le même département et avant de devenir registraire, Georges Sicard avait présidé aux destinées de l'équipe de crosse du cégep à titre d'entraîneur. Rémi avait hérité de son travail, mais ils se côtoyaient souvent pour échanger à propos de l'équipe.

— T'as gagné un prix! lâcha Rémi, incapable de garder le secret plus longtemps.

— Un prix! Moi! Le prix de quoi?

— C'est la semaine de la Francophonie… commença le fonctionnaire jouant les protocolaires. Et un jury constitué par tes pairs, des profs, des conseillers pédagogiques et des bibliothécaires, a pensé à toi, oui, pour te remettre le Prix du professeur euh… s'étant le plus illustré…

L'adjoint Sicard eut alors un trou de mémoire d'une formidable porosité et il dut fouiller dans les poches de sa veste pour trouver l'intitulé complet de la chose. Tenant une enveloppe froissée, au bout d'une main, et, de l'autre, ses lunettes, après s'être raclé la gorge, il lut d'une voix grave : *Le Prix du professeur s'étant le plus illustré dans la langue française hors du cégep.* Rémi, qui avait toujours eu beaucoup d'à-propos dans les mondanités, surveillait ma réaction. Il prépara donc le terrain :

— C'est génial, France! Te rends-tu compte? On souligne ton rayonnement! T'es une star!

— Oui, Rémi, c'est vraiment extraordinaire, dis-je d'une voix atone, cherchant l'erreur, docteur.

Incapable de trouver, je restai prostrée à regarder les murs beiges du bureau grège de l'adjoint fat. Rémi parla pour moi. Je pouvais compter sur lui pour occuper l'espace.

— C'est la surprise, vois-tu, Georges! France travaille depuis si longtemps, si fort et sans relâche! La langue française est sa passion la plus durable. Elle ne vit que pour la langue française, ma cousine! Dans son cas, enseigner, c'est une véritable vocation! Elle est supercontente! Hein?

Là-dessus, Rémi se tourna vers moi et me serra bien fort. Le sous-fifre me fourra une enveloppe dans la main et il sortit son iPhone pour prendre une photo de nous deux en marmonnant que c'était pour le journal du cégep. Je fis *cheese* et l'affaire étant réglée, les deux anciens confrères se saluèrent. Rémi et moi sortîmes sans faire de bruit; nous contournâmes l'aire de travail de la secrétaire toujours à son affaire et, une fois dans le corridor, j'ouvris l'enveloppe pour y trouver un chèque de 50 $. Je remerciai Rémi de s'être prêté à cette mascarade.

— Toé pi tes grands mots! Mascarade! Voyons donc! fit Rémi les yeux au ciel. J'étais supercontent d'être témoin de la remise du prix, tu sauras. Je vais même l'écrire sur ma page Facebook!

Je le remerciai et je passai à mon bureau chausser mes bottes et mettre mon manteau, un peu étonnée par la tournure des événements. Je quittai l'étage en saluant les collègues et une représentante du syndicat qui, elle non plus, ne savait rien, ne savait pas. Ne voulant pas faire de vagues avec cette nouvelle tuée dans l'œuf du couvoir patronal, j'ajoutai que cela n'avait aucune importance de toute façon. Chacun ayant fort à faire dans l'ordinaire de sa vie opina du bonnet et alla son chemin ayant mille choses auxquelles vaquer...

Arrivée au premier étage, je retombai sur Rémi qui, toujours aussi drôle, me demanda si je l'invitais au restaurant pour fêter l'événement. Après avoir précisé qu'il blaguait, il s'arrêta devant moi en rigolant. Je l'entendis murmurer:

— *Le Prix du professeur s'étant le plus illustré dans la langue française hors du cégep.* On rit pu !

— Tu parles tout seul, maintenant ? lui demandai-je en m'approchant.

— Mais enfin, on t'a donné un prix parce que t'es allée en voyage ?

— Ce doit être pour mon émission de radio...

— Ah ! Je ne savais pas que... et qu'est-ce que tu racontes ?

— Je parle de romans tous les vendredis matins sur les ondes d'une radio qui diffuse dans tout le Québec. J'interviewe des écrivains aussi.

— Ah oui ? Et c'est payant ?

— Je fais ça bénévolement, Rémi, fis-je avec humilité.

— Évidemment, répondit-il sur le même ton.

— La littérature, c'est important, pour moi.

— Ben là, t'as eu 50 $, toujours ben ! ajouta Rémi en me faisant un clin d'œil.

— On peut travailler très fort pour autre chose que de faire de l'argent !

— C'est sûr. Je te niaise, là. Moi aussi, tu sais que je n'ai pas compté mes heures au collège, pour la crosse. Je suis bien placé pour te comprendre ! Bon, ben, y faut que j'y aille !

— Bonsoir Rémi. Bon entraînement !

— Salut !

Je le laissai aller et, avant de partir, j'endossai mon chèque pour le déposer au guichet automatique de la banque située en face du collège. Je trouvai ma petite voiture qui attendait sagement dans l'immense stationnement du collège où je l'avais garée. Et je partis enfin de là, étonnée que personne n'ait souligné la journée internationale de la Francophonie, tout de même.

En cette fin d'après-midi, toute la ville de Montréal vrombissait sous l'activité des tracteurs qui sillonnaient les rues. On les voyait pousser, tasser et ramasser la neige amoncelée sur les trottoirs pour en charger d'immenses bennes de camions qui charroyaient les amas de cette dernière bordée du mois de mars. Une fois sur ma rue, je repris exactement la place déblayée ce matin par mon sauveur. Étonnamment, aucun automobiliste n'avait osé y loger sa voiture, une fois que j'avais libéré l'emplacement. Je stationnai donc l'auto dans son écrin de glace à moitié fondu.

C'est en souriant que je revins chez moi. Je montai les marches à la course, deux par deux, cherchant partout du bois à toucher. J'avais gagné ! Un petit prix, moi ! Quelle chance ! Au fond, la chance s'était manifestée toute la journée ; elle avait posé sa main aux doigts de fée sur mes frêles épaules. Bien sûr, ce n'était pas grand-chose, ce prix. C'était même presque rien, mais ce rien-là avait fait une différence, en dépit des conditions douteuses dans lesquelles l'événement s'était déroulé. De fait, à bien y penser, ce prix valait beaucoup plus que le rien dans lequel on l'avait emballé. L'hirondelle faisait le printemps.

Sprachtheorie[1]

À Normand Baillargeon

La mémoire délivre de l'oubli.
Mais qui nous délivrera de la mémoire ?

PAUL BRAFFORT

Superbe. Le temps était superbe. Le week-end idéal
s'était concrétisé, fait d'air frais sur fond bleu. Quelques
nuages vaporeux flottaient au-dessus de son café au lait. Il ne
lui manquait que les canaux parcourus de péniches pour se
croire à Amsterdam. Marguerite préparait tranquillement
un test de lecture sur *Volkswagen Blues* de Jacques Poulin à
raison d'une question par chapitre quand elle s'arrêta sur
le septième, butant sur la première phrase : « Se réconcilier
avec elle-même. » Surprise, elle suivit la Grande Sauterelle
dans le cimetière amérindien de Brantford, en Ontario. Elle
continua sa lecture silencieuse avec langueur en imaginant
l'itinéraire du Volks « déjà vieux » qui dédoublait le personnage de Jack Waterman. Une citation en allemand la cloua
sur sa chaise : *Die Sprache ist das Haus des Seins.* Marguerite
leva les yeux au ciel, en proie à une soudaine détresse et
chercha en vain quelqu'un parmi ses connaissances qui parlait la langue de Goethe pour lui traduire l'aphorisme.

---

1. Théorie de la parole, en allemand.

L'endroit était meublé sobrement d'une suite de tables blanches munies de chaises rouges qui tranchaient sur le plancher fait de carreaux gris et noirs formant un damier parfait. Les lieux étaient occupés par de jeunes gens envoûtés par leur portable et dont les yeux rivés à l'écran suivaient des clips, des messages, des images, mille et une niaiseries visant à divertir. Depuis quelques années, les cafés avaient remplacé les bibliothèques des cégeps et des universités. Les étudiants y venaient pour lire et faire leurs travaux seuls ou en équipe, parlant peu, clavardant du bout des doigts.

Marguerite pensa alerter cette assemblée de cybermoines enfermés dans leur cellule cathodique, mais elle éprouva quelque scrupule à déranger tous ces jeunes qui trimaient dur en fin de session. Alors, elle prit un bout de papier qu'elle inséra dans le roman en guise de signet, alla payer à la caisse et s'en fut.

•

En montant les trois étages menant à son appartement, elle grommelait de sourdes imprécations. Ah! L'auteur et l'éditeur étaient de mèche évidemment; ni l'un ni l'autre ne donnaient d'indices quant à la provenance de la citation et n'avaient même pas pris la peine d'en offrir la traduction dans une note en bas de page, alors que tout le roman se nourrissait d'ajouts, d'explications, d'insertions de documents historiques, voire même d'images, de cartes géographiques et de photographies d'époque! Marguerite rentra chez elle, déçue par la négligence; cependant, au bout de quelques minutes, elle se ravisa: et si on avait voulu dissimuler au lecteur un renseignement plus gênant qu'éclairant?

Marguerite se souvint du professeur d'allemand qui enseignait au cégep où elle travaillait. Elle décida d'aller le voir dès le lendemain pour lui demander son avis sur la question, car si quelqu'un connaissait le fin mot de l'histoire, c'était bien cet homme dont la compétence et l'intelligence lui valaient la considération de tous. Dietrich. Herr professeur.

D'ailleurs, n'avait-elle pas participé à un comité avec lui, récemment ? Marguerite se remémora ces rencontres ennuyeuses auxquelles elle était convoquée tous les vendredis après-midi alors qu'elle enseignait dans un programme de douance. Les professeurs se remplumaient comme des coqs en devisant au sujet de leurs étudiants si brillants dont le génie rejaillissait invariablement sur eux, ce qui leur conférait un prestige jusque-là inégalé ! Elle pouffa de rire en se remémorant ces pavanes. Là-dessus, elle s'installa à son bureau et activa son ordinateur.

Revenant à son Amérindienne traversant l'Amérique, Marguerite commença à mettre en forme les différents éléments du test qu'elle servirait à ses élèves afin de stimuler et d'approfondir la lecture de l'œuvre. Mais la mémoire étant une faculté qui oublie, la voilà qui cherchait à suppléer sa principale carence en composant des images qui surgissaient. Au beau milieu de l'écriture d'une question, Marguerite revit la caricature de Dietrich réalisée en quelques traits un de ces vendredis-là et cette gêne emmêlée de fou rire que le dessin avait provoquée chez son collègue François siégeant à ses côtés. Quand elle s'ennuyait, Marguerite sortait une feuille blanche et se livrait à réaliser ce qu'elle appelait un « dessin automatique » laissant sa main dessiner ce qu'elle voulait. Ce jour-là, Marguerite avait croqué le collègue Dietrich assis en face d'elle à l'assemblée. À la fin de la réunion, amusée par la chose,

Marguerite avait caché l'esquisse dans son dossier en saluant son collègue germanophone d'un coup de tête, sourire en coin. Puis, elle s'était ravisée pour aller le voir à son bureau, et, naïvement, lui avait montré son œuvre. Elle se souvint de la tête qu'il avait faite et, surtout, de la joie immense qu'il avait éprouvée de se voir ainsi *dessinée* façon Tintin, suivant l'école de la ligne claire. Il lui avait demandé s'il pouvait conserver le dessin. Marguerite avait dit «Bien sûr!» en rougissant, se rendant compte de sa bévue, sur le plan professionnel, puis chacun avait repris son sac bien rempli de copies à corriger pour le week-end.

Dietrich avait la tête carrée, les cheveux clairs coupés en brosse et de grosses lunettes rectangulaires venant enserrer ses yeux gris. Toujours revêtu d'un sarrau blanc, Dietrich incarnait le type du professeur sévère, mais juste. Une vieille professeure d'espagnol avait découvert que son collègue bavarois craignait que la poussière de craie ternisse le lustre de sa veste en cachemire d'Italie. C'était vraisemblablement un type formé à la vieille école venu s'installer au Canada, avec sa famille, sur un continent où la guerre n'avait jamais eu lieu. Marguerite se souvint ensuite d'un party de fin de session où, un peu éméché par l'alcool, Dietrich était venu se confier à elle. Juif allemand dont la famille avait survécu à la Shoah, il avait découvert les conditions de vie réservées aux Amérindiens emmurés en des territoires attitrés. Dans ces réserves, chacun était muni d'une carte témoignant de la pureté de sa race et cette dernière conférait à son détenteur les droits ancestraux de leurs aïeux à titre d'autochtones des Premières Nations. En disant ces mots, Dietrich avait éclaté en sanglots. Marguerite lui avait tenu la main de longues minutes ne sachant trop que faire ni que dire... Secouant la tête et clignant des yeux, Marguerite effaça ce triste souvenir et revint à son sacro-saint test de lecture. Elle s'y absorba résolument. Elle y passa tout son dimanche.

•

Le lendemain matin, alors qu'elle entrait dans l'ascenseur menant à l'étage des professeurs de langue moderne et de littérature, elle tomba sur Dietrich. Éberluée par la synchronicité de cette rencontre, Marguerite sortit son bouquin et se mit en frais de lui lire la phrase en allemand tout en passant du 1er au 5e. Une fois en haut, fort aimablement, Dietrich la lui traduisit.

— La langue est la maison de l'être. C'est une très jolie phrase, *Fräulein* Marguerite! fit-il en sortant de l'ascenseur avec un petit sourire.

Là-dessus, il déguerpit, la laissant en plan avec sa sacoche débordant de copies corrigées, son bouquin dans les mains et une certaine stupeur. Marguerite se rendit à son bureau, fouilla dans ses poches pour trouver ses clés, ouvrit la porte et s'affaira à mettre de l'ordre dans ses piles de travaux parcourus de bulles rouges. Mais enfin, se demanda-t-elle, pourquoi Jacques Poulin n'avait-il pas traduit cette satanée phrase, qui avait une portée plus philosophique que politique, au demeurant? Pourquoi l'éditeur n'avait-il pas levé le secret? On eut dit une conspiration! La langue, la maison de l'être! Pourquoi avoir laissé cette phrase cryptée pour les Québécois? Et puis... qui l'avait pondue, cette phrase, sinon Jacques Poulin, lui-même, pour feindre qu'elle fut le fruit de quelque auteur allemand dont on aurait tu le nom?

À la fois interloquée et outrée, Marguerite fut un peu imprévisible durant son cours de littérature française tant et si bien qu'elle enseigna pêle-mêle les rudiments du classicisme, confondant la notion de huitain et celle d'octosyllabique, prenant les assonances pour des allitérations, oubliant les *e* muets et les *h* aspirés, bref elle fit de son cours de poésie un véritable gâchis. Après une série de questions menant à autant de discussions virant à la dispute avec le premier de classe, suivie en cela d'un tollé général auquel les cancres ajoutèrent leur voix, Marguerite eut recours à une mise au point pour rétablir son autorité. Cela fait, après avoir improvisé un devoir à faire, la professeure mit fin au cours pendant que ses élèves sortaient en chahutant.

●

Et puis, la vie reprit son cours et Marguerite, les siens. Des semaines, des mois et des années passèrent. Dietrich prit sa retraite et, avant de partir, il annonça à tous ses collègues venus saluer son départ, oui, il annonça qu'il retournait vivre en Allemagne. Chacun alla lui serrer la main. On le félicita de sa décision. Marguerite en fit autant et alla aussi le saluer. La veille de son départ, elle lui dit :

— Quoi de plus normal que de retourner dans son pays pour enfin parler sa propre langue chaque jour de sa propre vie et ne plus vivre ici en immigrant ?

— Mais je suis citoyen canadien depuis plusieurs années déjà, vous savez ! répondit-il en sourcillant, un peu surpris.

— Suis-je bête de vous dire une chose pareille, Dietrich ! Veuillez m'excuser, je me suis mal exprimée…

— Je pense comprendre ce que vous voulez me dire, ma chère Marguerite. Vous êtes pardonnée ! Allez, je dois terminer mes boîtes et vider mon bureau maintenant !

— Vous n'avez pas besoin d'un coup de main ?

— Non, non, non ! Je vous vois avec votre liasse de dissertations à corriger ! Pour moi, c'est terminé ! Allez ! Bon courage !

Sur ces mots, Marguerite se retira et, débordée de travail, elle s'enferma dans son bureau pour la journée. Elle ne le revit pas et se consola de sa gaffe en pensant au dessin qu'elle lui avait donné. Si un dessin valait mille mots, il constituait aussi sa lettre d'adieu. Peu à peu, la session s'achevant, chacun et chacune retournèrent à leurs petites affaires. On entra une à une les notes des diverses évaluations pour monter les bulletins avant de passer à la préparation des cours dont on avait hérité l'automne suivant. Dans le cadre d'une suite de réunions interminables, on s'échangeait de nouveaux manuels, on participait à l'étude de nouvelles procédures de fonctionnement et à l'approbation des devis du Ministère. Au bout d'une semaine, tous oublièrent Dietrich pour s'ébrouer librement dans l'été, les pieds dans le sable à plonger dans les vagues sous le soleil. Les sessions passèrent, les boîtes de stylos rouges se succédant les unes aux autres, jusqu'au jour où la coordonnatrice vint s'asseoir aux côtés de Marguerite dans une assemblée syndicale lancinante et pénible.

— As-tu eu des nouvelles de Dietrich ? s'enquit Marguerite, tout bas, par curiosité.

— Dietrich ? fit la coordonnatrice, surprise.

— N'avait-il pas dit qu'il repartait en Allemagne pour sa retraite ? ajouta Marguerite.

— Dietrich ! En Allemagne… répondit l'autre avec lenteur avant d'éclater en sanglots.

— Mais enfin, Marlène, qu'est-ce que tu as ? bredouilla Marguerite.

— Dietrich s'est suicidé, répondit la coordonnatrice d'une voix blanche.

•

Et puis, les choses reprirent leurs cours et Marguerite, les siens. Des semaines, des mois et des années passèrent. Marguerite Laramée publia un manifeste se portant à la défense de l'enseignement de la littérature québécoise. Une recherchiste à bouclettes l'invita à la radio d'État pour en parler. Ce qu'elle fit. On la jumela à un universitaire de gauche qui prit la peine de lire son ouvrage avant de venir en discuter. Marguerite en fut touchée. Ce type versé dans la controverse était honnête homme de profession. Il avait le sens de la formule qui, amalgamée à une certaine érudition, le faisait valoir à tout venant. C'est cette même superbe qui le rendait scintillant et le faisait rutiler en ondes. Marguerite Laramée se présenta au studio à l'heure dite. On fit les présentations et on s'amusa de la dernière bévue d'une starlette à la mode. Quand elle fut en ondes, Marguerite voulut briller aussi. Dans le feu des échanges, elle reprit la célèbre citation :

— Il faut enseigner la littérature d'ici aux enfants du Québec, voyons ! La langue est la maison de l'être ! Notre fondement identitaire !

Là-dessus, l'intellectuel de service claironna :

— Ah ! Heidegger ! Oui, bien sûr ! *Die Sprache ist das Haus des Seins.* Madame Laramée connaît bien ses classiques, notamment la célèbre phrase de celui-là même ayant adhéré au parti nazi, Martin Heidegger ! Évidemment, il ne faut pas tirer de conclusions hâtives entre votre essai et l'erreur du philosophe de Francfort...

Sur ce procès d'intention, Marguerite Laramée s'étouffa. Le technicien mit de la musique pour camoufler son étranglement et courut lui porter un verre d'eau. L'intello s'emporta, arguant qu'on cherchait à le censurer et quitta le studio ! Quant à l'animateur, blanc comme un drap, il essaya de reprendre le fil de la conversation, en vain. L'émission finit en queue de poisson. Le livre de Marguerite Laramée n'eut aucun écho. Il y a de ces sujets dont on ne parle pas.

Le plus beau métier

À Gabriel Nadeau-Dubois

L'enseignement, c'est ma vie. Au début, je pleurais presque tous les soirs en revenant du boulot. Ah! Comme les jeunes m'en faisaient baver! Ah! Tous les tours qu'ils m'ont joués! Les bombes puantes. Le tableau barbouillé de craie qu'il me fallait effacer avant de pouvoir commencer mon cours. La gomme à mâcher dans la serrure d'une porte de classe qui faisait en sorte que je ne puisse l'ouvrir. Les quolibets. Les caricatures sur de petits papiers qu'ils s'échangeaient. Leurs fous rires. Les plagiats. Leur colère quand je les débusquais! Et les crises que je devais subir quand je leur remettais leur examen raté… pour lequel ils n'avaient pas étudié! Pauvres enfants!

Personne ne leur avait parlé de l'échec scolaire. Mes traits venant rougeoyer leurs rédactions bien bourrées de fautes d'orthographe. Leur dépit quand ils devaient se corriger. Leur ignorance des exigences inhérentes à l'écriture. La recherche du mot juste. La concordance des temps. L'analyse logique qu'ils découvraient en même temps que les racines grecques et latines des mots de la langue française. Toutes ces choses qu'on leur avait cachées. Je leur en ai fait voir de toutes les couleurs! Mais j'aimais tellement leur fougue, leur intelligence et leur désir d'idéal! Et puis un jour, ils firent la grève.

•

Or, un matin, je reçus un coup de fil. Un membre de la direction me donna une série de directives auxquelles il me fallait obéir :

— Marguerite, un de vos étudiants a déposé une injonction pour entrer en classe, malgré la grève de son association. Votre cours doit avoir lieu. Si vous n'enseignez pas, vous risquez d'écoper d'une amende de 50 000 $ et d'un an de prison. Soyez présente à la première heure. Nous assurerons votre sécurité : il y aura les policiers municipaux aux dossards fluo et ceux de l'antiémeute avec casques et matraques. Ne vous en faites pas. Tout est sous contrôle.

Je me présentai donc au collège avec mon cours dans un cartable. Mon cours de 50 000 $. Quand j'arrivai, je découvris sur le campus la présence des deux corps policiers en train de se déployer, encadrés d'un régiment de pompiers et de trois flottes d'ambulanciers. Plus loin, des étudiants, entassés les uns sur les autres, cagoulés et munis de lunettes de ski, bloquaient les portes du collège. Mon établissement d'enseignement supérieur était assiégé.

Au loin, derrière les portes-fenêtres d'un centre commercial, une poignée d'injoncteurs attendaient pour entrer. Soudain, j'entendis crier l'un d'eux : « C'est la bataille du Mordor ! » Le petit groupe pouffa d'un rire nerveux, crispé. Les Verts se faisaient du cinéma ; ils s'imaginaient un écran pour comprendre la réalité. Ils ne concevaient pas l'action en direct qui se passait en ce moment. Ici, maintenant.

Quelqu'un donna l'assaut. Un capitaine, vraisemblablement. Soudain, je vis sortir de trois autobus garés non loin cent cinquante robocops revêtus chacun d'un gilet pare-balles, un casque antichoc à visière infrarouge et chaussé de bottines à crampons d'acier. Quelques-uns d'entre eux avaient un tire-roquette et s'affairaient à le charger de boulettes caoutchoutées. Les bataillons avancèrent au pas de charge vers les étudiants attroupés en tapant de la matraque sur leur bouclier. Ils franchirent la cordée des mères en colère et celles des professeurs indignés. Ils s'arrêtèrent au premier coup de sifflet. Puis je les vis s'avancer, dégainer, pointer et décocher des grenades lacrymogènes. Une fumée blanche et poudreuse se répandit alors sur le parvis du collège.

Ce fut la débandade. Les jeunes criaient, couraient, pleuraient. Ils fuyaient. N'importe où. Partout. Sur le campus. Devant le déploiement des forces armées, les jeunes avaient détalé comme des lapins, les mains sur les yeux, un mouchoir sur le nez, en criant sauve qui peut.

Je venais d'arriver. Je regardai la scène, impuissante, avec, dans mon cartable, mon cours de 50 000 $. De longs instants s'étirèrent faisant de cette scène d'apocalypse une minute de vérité qui nous rendit tous malades.

La direction avait pris les choses en main. Elle devait appliquer la loi. Ce qu'elle fit avec soin. On fit ensuite entrer les injoncteurs de conscience, ceux-là mêmes qui avaient versé cent dollars à un avocat pour voir leur nom sur une liste qu'un juge avait cautionnée.

Ensuite, les professeurs durent entrer pour donner leur cour de 50 000 $. Je les ai vus regarder le bout de leurs souliers, hoqueter, la main sur la bouche, pris d'une irrésistible nausée. Maintenant que les portes étaient libérées, la direction leur ordonna d'entrer en classe pour s'exécuter, bref d'aller dispenser leur prestation, ce foutu cours, ce que je fis à la suite des autres en respirant au travers d'un foulard que j'avais pris dans mon sac.

Je fis acte de présence et je donnai mon nom à un des membres de la direction pour éviter toute poursuite, amende, prison. Chaque geste que nous faisions témoignait de notre obéissance aux lois.

Ensuite, je partis en classe donner mon cours à un élève qui avait payé le prix pour finir sa session.

Nous avons parlé d'un grand classique. Une œuvre de science-fiction dont l'histoire tourne autour de la création d'un monstre. Une créature qui fuit et qui échappe à son créateur.

•

Quelque temps plus tard, je fermai mes livres pour demander à mon étudiant s'il en avait eu assez. Pour son argent. Il me répondit oui. Nous nous quittâmes sur les salutations d'usage, poliment. Comme il se doit. Il partit ensuite de son côté. Ni vu ni connu. Passant par on ne sait où. Sans demander son reste.

Quand je sortis de classe, le collège baignait dans un silence qui tranchait par rapport au bruit qui l'avait précédé. C'était un silence blanc où résonnait le vide. Je vis qu'il n'y avait plus personne. Au bout de l'allée centrale, je croisai enfin quelqu'un. Il s'agissait du concierge encadré de deux gorilles d'une firme privée. Ils me regardèrent arriver avec stupéfaction.

Derrière eux, je vis des chaînes sur les portes, des cadenas, du ruban jaune… Je cherchai des yeux par où passer. Alors, je demandai à qui de droit comment pouvais-je sortir de là.

Le concierge me regarda, interdit. Du coup, les fiers-à-bras fermèrent leur walkie-talkie qui couinait et qu'ils portaient à l'épaule collée à leur veste par des attaches de velcro fluo. Le concierge s'empourpra puis, cherchant son souffle, il articula enfin quelques mots :

— Mais... madame ! Les cours ont été levés ! Il y a trois jours ! Et, depuis, on a fermé le cégep. Madame, on vous a oubliée.

Tambour battant

J'ai toujours été un peu tête folle et, à l'adolescence, j'avais des amies aussi passionnées que moi. Au cégep, on écrivait des articles, des chansons et des poèmes pour le journal étudiant. Nos professeurs disaient que nous avions du talent. L'une d'entre nous, très tôt, avait conçu de devenir poète; conséquemment, elle s'était mise à écrire, point à la ligne. Quand j'ai appris quel était son projet, je l'ai surnommée Émile, en l'honneur de Nelligan. Elle ne m'a pas trouvée drôle et je pensais qu'elle s'était prise bien au sérieux. Elle me dit que jamais elle n'aurait d'emploi. Pour elle, s'insérer dans la société par le travail menait à l'avilissement. Non. Pas question. Sur le coup, je la trouvai vaguement rousseauiste, mais son côté radical m'enchantait et venait confirmer l'idée extravagante selon laquelle elle était un vrai poète, au sens fort du terme.

Après le baccalauréat, je la revis par hasard, au centre-ville. Elle m'expliqua avoir quitté le campus. Elle s'était retirée pour «se lancer dans le règne de l'art». Je n'en revenais pas. Je trouvai sa décision radicale. Elle avait changé et je fus à même de constater qu'elle persistait dans sa volonté, allant jusqu'à l'acharnement, ce chemin risqué où mène la persévération. Elle et moi savions qu'on ne décide pas d'écrire une œuvre de but en blanc et que c'est plutôt au terme de son achèvement que l'on sait s'il s'agit bien là d'une œuvre. Du moins, c'est ce que les professeurs nous avaient appris à l'université. Sa décision constituait une prise de position, voire un acte politique au sens philosophique du terme, de la même manière que le fait de ne pas travailler tenait lieu d'un désengagement envers la Cité.

Terre à terre, je lui demandai comment elle allait payer son logement. Elle me dit que sa famille allait l'aider et que, par la suite, elle demanderait des bourses qu'on finirait bien par lui accorder eu égard à sa situation, la qualité de sa formation académique et sa volonté. Encore ce mot! Je lui reprochai de devenir un parasite; elle m'envoya au diable. Et on s'est reperdues de vue tout l'été. Quant à moi, insigne raclure de l'ordinaire, j'avais trouvé un job plate dans un camp de vacances où les jeunes apprenaient à vivre en forêt et je partis m'évanouir dans la nature avec les maringouins.

Nous nous revîmes plus tard, en novembre, dans un village à vocation touristique où j'étais venue avec une de mes sœurs un dimanche. J'étais curieuse de savoir comment elle se débrouillait. Elle me répondit franchement. Quand elle vit qu'il y avait trop de demandes au Conseil de la culture des Cantons, elle avait déménagé ses pénates pour changer de zone administrative! Je ne pus que m'étonner devant autant de franchise. Elle m'expliqua ensuite avoir choisi de s'établir dans ce coin perdu où il n'y avait personne, sinon deux écrivains mineurs qui ne sauraient lui faire ombrage. Je fis «Ah bon!» en m'esclaffant. De fait, je pensai avec horreur que ma poétesse favorite parlait comme un gestionnaire de l'Office de planification et de développement du Québec.

Elle nous raconta qu'au village, elle avait commencé à cultiver quelques amitiés choisies. Dans une fête d'enfants, elle se présenta avec un de ses neveux et elle signifia à la ronde être éditrice. L'annonce fit son effet. On se félicita de sa venue. La bibliothécaire sut dire que sa présence enrichissait le patrimoine littéraire de la région. Elle demanda dons, bourses et subventions qu'un jury de pairs lui accorda tout de suite. Après avoir empoché un maximum, elle renvoya le neveu emprunté à son frère, acquit un ordinateur dernier cri et se lança. Elle écrivit. Beaucoup.

Depuis, chaque année, elle autoédite une plaquette de son cru. Et moi, je viens en pèlerinage la lui acheter. C'est une fille qui a du cran et je l'admire au fond. Elle m'explique toutes les démarches qu'elle fait pour arriver à se réseauter dans la région. Elle fait le tour des groupes sociaux, des revues, des journaux locaux et des radios des alentours cherchant à faire mousser sa popularité.

Après quelques années, elle a décroché le prix de la relève, puis deux ; à trois, le tour était joué. Elle tenait le fil. Et elle continua son chemin pendant que je finissais par me faire une place dans un collège dans l'espoir d'obtenir ma permanence d'emploi.

Il y a deux ou trois ans, elle m'avait invité à souscrire à son nouveau projet. Elle voulait empiler ses plaquettes pour en faire une somme. Un imprimeur du coin était prêt à republier son œuvre complète, moyennant l'achat d'un certain nombre d'exemplaires. Je lui fis un chèque pour l'encourager. La brique sortit des presses ; elle engagea une relationniste pour en tirer un événement. Elle lança son ouvrage dans un grand restaurant à la mode, au cœur du village. Infatigable, la bibliothécaire défendit sa candidature pour qu'elle représente la région à l'étranger. Les voyages s'enchaînèrent. Alors, elle se lança dans les mondanités et développa un vaste réseau. Elle se mit à chercher les journalistes pour accorder des entrevues.

Elle en trouva un, puis deux. Elle apprit à jouer les importantes et devint virtuose du cliché, facile à cadrer.

Elle passait ses journées à constituer des dossiers pour obtenir différents prix, honneurs et mentions. Elle s'inquiétait du fait que la bibliothécaire puisse s'intéresser à un autre écrivain. Ces derniers temps, elle redoublait d'ardeur. Elle continua, persévéra jusqu'à l'obsession. Elle monta, grimpa pour finir, hélas, par plafonner. Alors, elle connut son premier spleen et elle le fit savoir en décrivant les plis et replis de son accablement. Elle en tira une autobiographie qu'elle publia chez un petit éditeur agréé, ce qui est rare pour un écrivain qui vient tout juste d'avoir trente ans. Elle se servit de l'empathie des gens pour relancer sa carrière. On la plaignit, on éprouva de la compassion pour elle et on l'aima. Mais, moi qui la connaissais, je savais bien que plus on s'approchait d'elle, plus elle étouffait. Après avoir reçu des honneurs considérables, elle se retira et, sur un coup de tête, elle déménagea. On la perdit de vue. Ne me restait que sa brique de poèmes mettant en relief l'incommunicabilité. Elle avait pensé à tout.

Par une de mes anciennes copines de classe, j'appris qu'elle s'était établie dans une ancienne ville ouvrière dotée de quelques institutions culturelles dont un établissement d'enseignement supérieur. Le ciel mit sur son chemin un universitaire désœuvré ; elle lui donna l'idée d'ouvrir un fonds de recherche portant sur son œuvre. Elle lui expliqua combien elle voulait laisser sa marque, faire de sa poésie un témoignage impérissable de sa présence dans le monde littéraire. Stimulé par sa fougue, le petit professeur fit une demande qu'on agréa en haut lieu. On mobilisa d'importantes sommes pour procéder à l'étude de son œuvre, sa momification. Les sociétés savantes se nourrissent constamment de nouvelles idoles pour édifier la mémoire des générations futures.

Une fois le fonds ouvert, elle y versa des documents, cahiers et papiers de toutes sortes : les brouillons, des versions et autres feuilles détachées. L'universitaire la remercia ; dorénavant, il avait de quoi carburer et sa vie professionnelle avait un sens. Cependant, le travail intellectuel était lent et le principal intéressé, pointilleux ; c'est d'ailleurs pourquoi il n'allait pas vite... Il engagea deux jeunes chercheurs pour l'assister ; ils allaient bientôt décider d'une méthode de travail. Il fallut ébaucher un calendrier de réunions préparatoires, bref on prit du temps pour bien faire les choses.

Soulagée, elle retourna sur ses terres. Une fois à la maison, elle sortit sa calculette. Elle passa des jours à évaluer différentes possibilités. Elle consulta des spécialistes, une gestionnaire de carrière et un optimisateur de processus. Un soir, après une longue journée de planification, elle aboutit à une conclusion. À la fin de sa trente et unième année, tout était prêt pour enfin passer à la postérité. Ne lui restait plus qu'un détail à régler. Quand elle le comprit, elle se demanda comment accélérer les choses. Toujours pressée, vivant à deux cents milles à l'heure, elle monta dans sa voiture. Une fois sur l'autoroute, elle visa un viaduc et se tua.

Hauteur

À Pierre Samson

Qu'est-ce que la théâtralité ?
C'est le théâtre moins le texte...

ROLAND BARTHES

Le monde des gens de lettres captive en raison du fait que l'écrivain y est un univers à lui seul. Les arabesques de l'un charment souvent les autres, qui, une fois envoûtés, passent d'interlocuteurs à spectateurs inertes, les assis dépeints majestueusement par Rimbaud dans un poème célèbre.

Un jeune homme fasciné par le style exotique, sinon précieux, du plus récent roman de son auteur fétiche le porta aux nues. L'œuvre de Jacques Bourgeois évoluait à la frontière du kitsch ; il avait réinventé avec un langage d'une richesse inégalée le faubourg ouvrier d'Hochelaga. Ce quartier autrefois sacralisé par le joual, il l'avait revampé dans une langue fastueuse qui enluminait sa narration enchevêtrée se développant en une structure en abyme. Le quatuor de narrateurs rappelait celui de l'œuvre d'un Laurence Durrel, sinon la facture chorale du fameux *Nashville* de Robert Altman, voire le *21 Grams* d'Alejandro González Iñárritu. Bref, le jeune lecteur avait été séduit par la plume exceptionnelle de son romancier adoré qu'il adulait chaque jour davantage.

Dès lors, le lecteur réinventa lui aussi ce Montréal où il vivait. Oui, la grande ville se métamorphosa en un lieu fabuleux où il faisait bon « effervescer ». Le quartier Hochelaga de son idole n'avait plus rien de celui, plus souffrant, du *Cassé* de Jacques Renaud ou des sémillants *Cantouques* de Gérald Godin. À partir de ce moment, Hochelaga, une fois transfiguré par l'écriture, devint un Hoche Gotha. Et le jeune homme chercha à se redéfinir comme s'il évoluait à part entière au cœur même d'un Montréal transfiguré par une langue aussi recherchée que savante. Du jour au lendemain, sa vie devint une fiction dont il tenait le fil qu'il tissait chaque jour à coups de crayon sur papier vélin. Devenu héros d'une vie magnifiée, le lecteur prit du lustre et, ce faisant, un surnom illustre : Agha Khan.

•

Quand il sortait, l'Agha Khan d'Hoche Gotha ne se déplaçait jamais seul. Un aréopage d'esthètes et autres courtisans le suivait pas à pas, cherchant à le combler d'attentions délicates, le caressant de mille propos élogieux au fur et à mesure de ses embardées dans le monde culturel du divertissement.

L'Agha Khan d'Hoche Gotha menait une vie fastueuse et enfilait les autobus maculés de gadoue comme d'autres, les supersoniques et bientôt, les fusées menant sur Alpha du Centaure. L'hiver venant, il envisageait de paresser sur les plages de sable blanc, toisant les mers d'émeraude de ses yeux impavides ; pour ses projets d'été, il se voyait arpenter les pentes escarpées de lisses landes et autres contrées où l'habitant portait le tartan, la cornemuse et le scotch. Pour lui, la principauté de Sagard n'était qu'une œuvre sans imagination, une réplique vaine de Versailles. L'Agha

Khan, lui, rêvait de vivre à l'époque de la monarchie abso-
lue de droit divin, celle du Roi-Soleil qu'il habitait déjà
dans ses fantasmes les plus fols chaque nuit en surfant sur
le Web. Il y cherchait les galeries de miroirs, les salles de
cristal et les palais fastueux des élites aujourd'hui disparus.

Quand il allait au cinéma, l'Agha Khan d'Hoche Gotha
narguait tout ce menu fretin, y compris l'écran et, dans une
morgue dont lui seul avait le secret, il lâchait en trois mots
son appréciation de l'œuvre pour laquelle imprésarios,
réalisateurs, producteurs et tout le Saint-Bois d'Hollywood
auraient déroulé le tapis rouge. Avant chaque générique,
séance tenante et sans aucune cérémonie, l'Agha se levait
de son séant pour critiquer le navet qu'il remballait sans
cello ni trompette. Et l'appréciait qui le voulait.

Quand il était fin seul, l'Agha Khan d'Hoche Gotha
dressait son emploi du temps et le communiquait à son
secrétaire particulier. Celui qui le secondait portait le gentil surnom de *repliquant,* car il avait commencé dans le
métier en réécrivant les tapuscrits d'auteurs célèbres (et
paresseux) pour les maisons d'édition nichées au pour-
tour du quartier chinois. En signant ce pacte, les deux faisaient la paire : l'un assumait la lumière animant les feux
de la rampe, tandis que l'autre tramait, ourdissait et se
sédimentait une carrière dans l'ombre. Leur duo frisait la
perfection.

Deux fois l'an, l'Agha Khan d'Hoche Gotha s'esqui-
vait pour se recentrer en des lieux parfois sacrés, parfois
profanes, mais toujours diaphanes afin de se dépouiller
du trop-plein qui l'absorbait. Il avait ainsi visité de petites
abbayes aux voûtes en ogive, des cliniques de luxe pour
toxicos à l'urbanité délicate et de vastes plages ensauva-
gées louées à prix forts par des culs-terreux faisant valoir
leur no man's land.

Quand il pleuvait, l'Agha Khan d'Hoche Gotha s'échauf-
fait les sens avec la finesse d'un kitsch exquis : il allait embra-
ser les pistes de danse dans les raves à la mode à l'instar de
quelques vedettes populaires qui cherchaient vainement à
le séduire. L'Agha faisait de lui un fou, une folle, un as du
quétaine dans une spontanéité rafraîchissante en rupture
avec le spleen habituel qui l'absorbait. Ces jours-là, il défiait
chacun dans une arrogance de bon aloi. Ces moments
d'exhibition se révélaient pure dérision en ce qu'il extrava-
guait de soudaines pulsions qui avaient l'heur d'amuser ses
prétendants toujours prêts à l'adorer pour un oui ou pour
un non. La bulle que le jeune lecteur avait créée dura et per-
dura jusqu'au jour où ce qui aurait dû arriver... n'arriva pas.

•

Un jour fatidique, le critique bête et méchant de la
Revue littérale s'empara de l'œuvre du Maître tant aimé et la
hacha menu du haut de sa chaire, appâté. Il en fit des gorges
chaudes, enligna les rodomontades et cita de manière per-
nicieuse certains passages choisis de manière à tourner l'entreprise en ridicule. Le critique avait ses entrées qui dans
les cercles de communicants et qui dans un journal. Le cou-
peret tomba. La rédaction, aveugle, veule et poussive, laissa
passer la cruelle philippique. Blessé, le grand auteur partit
faire le tour de l'Orient avec pour tout bagage quelques
vêtements de rechange et sa tablette électronique.

•

Entre-temps, l'Agha Khan d'Hoche Gotha chercha
quelque moyen de venger son Maître, mais comment.
Ah ça ! Il passa ainsi le reste de son samedi à traînasser,

incapable de produire la moindre idée tant il était écrasé par le désenchantement. Celui qu'il vénérait n'était pas reconnu. De fait, l'écriture échappait à l'Agha Khan; elle ne lui était pas familière, en soi. De fait, il n'écrivait pas. Il en rêvait, sans plus. L'Agha était un lecteur, un vrai. Un irréductible lecteur. Absolument. Il se passionnait pour les imaginaires des grands auteurs qu'il chérissait au plus haut point et qu'il défendait bec et ongles auprès de ses amis quand, d'aventures, on parlait littérature. Mais sans le Maître, à qui ou à quoi carburer?

De retour de voyage, le grand auteur, maintenant d'âge respectable, se remit en frais d'écrire pour la télévision. Il composa un petit téléroman pourri de bons sentiments au sujet duquel on cria au génie, vantant le raffinement et l'audace de ses personnages travestis.

Pendant ce temps, l'Agha Khan d'Hoche Gotha laissa tomber la pompe et la littérature pour lancer son blog. Les intérêts postmodernes étant éphémères, c'en était fini de chercher le livre, de l'ouvrir et de vénérer le grand adoré. La date de péremption était tombée, il tua la une à défaut de la faire. Le jeune homme devint sa propre idole. Depuis lors, sur les océans selfiques, défilent les myriades de son égo revu et photoshoppé à volonté. Ainsi fut-il.

Stanhope

Stanhope est situé dans les cantons verdoyants d'origines anglo-protestantes, en amont du 49e parallèle délimitant la frontière canado-états-unienne. C'est un joli petit village fleuri de lilas d'un mauve particulièrement rosé avec sa rue principale, son magasin général et, situées l'une en face de l'autre, son église protestante et son église catholique. Construit sur un versant des Appalaches, on y faisait jadis l'élevage des vaches laitières, la culture du blé et de l'orge et la contrebande d'alcool à l'époque de la prohibition. Autrefois, il y avait même une mine de cuivre, non loin, à South Hatley dont, jusqu'à tout récemment, on pouvait visiter les abords à cheval ou à vélo en passant sous les arches vermoulues d'un pont couvert pour arpenter les alentours lunaires et ocrés. Comme dans la plupart des villages frontaliers sis le long des Appalaches, des petits trafiquants y avaient établi leur territoire : les flancs de montagnes et autres champs de maïs étaient propices à la culture du cannabis et on devinait l'existence de laboratoires clandestins dans certaines fermes désaffectées où d'obscurs chimistes venaient produire de temps en temps, à peu de frais, la poudre blanche chèrement prisée dans les officines des grands bureaux des mégapoles d'Amérique.

Or, une nouvelle génération de politiciens avait à cœur l'avenir de leur communauté ; c'est pourquoi, à l'aube de l'an 2000, l'idée d'implanter des maisons de la culture fut lancée. Cette idée trouva un écho particulier dans les Cantons. Les maires de plusieurs agglomérations firent tout ce qui était en leur pouvoir pour en construire afin d'encadrer enfants et adolescents dont le nombre allait toujours croissant et grâce auquel l'Estrie prenait un coup de jeune. Le prix des maisons se stabilisa et, au moyen des taxes et des subventions accumulées, on érigea au fil des ans des bureaux touristiques et des salles communautaires permettant d'accueillir des spectacles de chanteurs, d'humoristes et des pièces de théâtre. On renfloua aussi les bibliothèques publiques pour permettre au plus grand nombre d'accéder à la littérature et à l'internet par le truchement d'ordinateurs performants.

C'est ainsi qu'en juin 2010, Eileen O'Toole, poétesse torontoise d'origine irlandaise, fut invitée à Stanhope dans le cadre d'un nouveau festival de poésie bilingue pancanadien. Elle pensa que cette invitation était liée au prix Margareth-Atwood, car elle y avait siégé à titre de membre du jury. Eileen accepta, fit sa valise et prit le train pour Sherbrooke. Une fois rendue, elle loua une voiture et se fit expliquer le chemin à suivre par un employé des lieux qui parlait un vigoureux franglais.

Après un *road trip* d'une journée où elle visita tour à tour Magog, Ayer's Cliff et Coaticook, Eileen arriva à Stanstead pour rencontrer un des organisateurs de l'événement, enchanté de sa venue. Il l'invita à prendre un verre au seul bar du coin et il lui fit visiter la fameuse bibliothèque et salle d'opéra Haskell construites sur la frontière séparant et unissant à la fois la province du Québec et l'État du Vermont. Eileen O'Toole s'amusa à marcher sur la ligne pointillée scindant la partie états-unienne de la partie canadienne dans la même bâtisse, et il lui donna enfin son horaire de poète. C'est à ce moment-là qu'elle apprit avoir été sélectionnée pour participer au récital final, un événement inédit qui avait lieu à Stanhope, charmant village situé non loin, au cœur des montagnes. Après une semaine à déclamer chaque soir dans l'un ou l'autre des villages devant une salle composée de descendants (francophones) des pionniers (anglophones) qui l'écoutaient avec ferveur et nostalgie, Eileen se retrouva avec trois poètes à sillonner les petits chemins qui serpentent dans les vieilles montagnes, en route pour Stanhope, bled cossu où l'on avait pu organiser un événement poétique subventionné.

Il y avait Maurice, un poète chanteur venu de Trois-Rivières ; Rénald, un poète de Rimouski, mieux connu pour ses essais critiques dans les revues universitaires, et moi, insigne poétesse indépendantiste de Sherbrooke. Une fois les présentations faites, nous montâmes dans une petite voiture avec Richard, le chauffeur désigné par l'organisation.

Maurice venait d'acheter plusieurs CD de musique québécoise des années soixante-dix. Tout naturellement, Rénald inséra un des disques dans le lecteur de la voiture. Ils entendirent le filet de voix de Sylvain Lelièvre entonner *Oui nous irons à Old Orchard, c't'été,* son grand succès, et Rénald monta le son. De son côté, Richard, le chauffeur, après avoir vérifié l'état des pneus, annonça qu'il devrait se concentrer sur la route en raison des sinuosités. Un frisson nous parcourut pendant que la chanson continuait à jouer à tue-tête.

Comme elle ne pipait pas un mot de tout ce qui se disait, Eileen O'Toole restait là, benoîtement, sans mot dire en battant la mesure de la tête ; alors, gentiment, je lui traduisais les propos du chauffeur en mots simples pour qu'elle comprenne. Eileen baragouinait un peu le français et répondait Jeu sais, jeu sais! en souriant arguant que, *thoses mountains*, elle en avait pas mal vu dans les *Townships*, qu'elle n'était pas née de la dernière pluie et qu'elle avait déjà skié dans les Rocheuses, à Banff... et puis bof! Là-dessus, elle s'écrasa dans le fond du siège, le nez collé à la vitre. Cependant, là-bas, dans le *Rest of Canada*, les routes ne sont pas en zigzags comme celles qu'elle avait connues; là-bas, les montagnes, plus jeunes, moins émoussées, étaient plus à pic tandis qu'ici, le relief n'en finissait plus de vallonner et le lacis des chemins, de suivre les méandres d'un relief capricieux. Quant à la conduite automobile, n'en parlons pas, elle est fort différente aussi.

Sur la banquette arrière, Eileen était assise à gauche, moi, au milieu, et Maurice à droite, avec vue sur les vallons dévalés. Rénald tenta de réconforter tout le monde en lançant que, si jamais nous basculions dans un ravin, le festival de poésie leur accorderait sûrement une minute de silence pour le salut de leur âme. Là-dessus, tout le monde éclata de rire et il enchaîna frénétiquement les appels à sa famille à l'aide de son cellulaire. Pendant ce temps, nous trois, tassés sur le siège arrière, nous résignâmes à supporter l'épreuve avec le sourire dans cette abnégation cool si caractéristique des poètes en goguette. Et pourtant, nous n'avions rien bu, rien fumé, rien, néant, niet, nul, zéro pétard, bref, pendant que les uns et les autres conversaient en français, en joual ou en franglais, Eileen, toujours muette, n'en pensait pas moins, le regard fixé sur les étendues verdoyantes s'étalant à perte de vue. C'est ainsi que nous partîmes en début d'après-midi, un peu inquiets, noyant notre anxiété dans une enfilade de clichés tamdidelam où s'emmêlaient des chansons de

Gilles Vigneault, Félix Leclerc et Claude Gauthier et des ritournelles aussi sirupeuses que surannées, *Un jour un jour quand tu viendras, nous t'en ferons voir de grands espaces.* Toujours partante, j'étais une jeune femme énergique, très engagée politiquement. Vaguement hilare depuis le début du voyage, je m'étais mise à chanter en duo avec Félix Leclerc, son île d'Orléans et ses *42 milles de choses tranquilles,* pouffant de rire entre les couplets. Le référendum de 1980 avait été perdu; le deuxième, aussi. Comme la plupart des jeunes, j'aspirais à ce que le Québec devienne un pays souverain. J'y croyais toujours. J'étais portée par un espoir increvable à ce chapitre et je le suis toujours.

Pour sa part, Rénald était de nature plus discrète, pour ne pas dire inhibée. Il portait une chemise mauve dont les manches, fort longues, recouvraient les poignets et la moitié des mains. Je pensai qu'il devait avoir de la difficulté à écrire avec pareille chemise. Je savais qu'il avait fait une thèse sur *Les chants de Maldoror* de l'Urugayen Isidore Ducasse, dit le comte de Lautréamont, pour y trouver une nouvelle vigueur faisant du poète mièvre qu'il était un prosateur fécond jusque-là inégalé.

Restait Maurice, l'étrange Maurice... Toujours une cigarette au bec, il fumait compulsivement l'une après l'autre jusqu'au mégot qu'il rejetait par la fenêtre d'une pichenette, chaviré par la musique, toujours prêt à chanter quelque chanson d'amoureux éconduit. Son répertoire comportait la plupart des grandes chansons françaises allant de Barbara à Brassens en passant par Léo Ferré et l'incontournable *Ne me quitte pas* de Jacques Brel.

Après avoir frôlé bien des crevasses, tressautés par-dessus des nids-de-poule et autres ventres de bœuf, la musique à fond la caisse, hurlant dans les tournants empruntés à vive allure, nous arrivâmes à Stanhope, au terme de trois heures de montées et de descentes, aux confins d'un pays bilingue perdu entre ciel et terre.

Nous descendîmes rapidement de la petite voiture pour nous dégourdir les jambes. Maurice en profita pour griller une énième cigarette et Rénald, jeter un coup d'œil aux alentours, après avoir déplié chacun de ses membres, ankylosés et stressés. Eileen commença à faire des photos avec son iPhone, puis elle me demanda de la prendre pour mettre à jour sa photo sur Facebook. Nous nous détendions en parlant de choses et d'autres, mais surtout de la conduite du chauffeur. Personne ne comprenait pourquoi Richard allait si vite ni pourquoi il n'arrivait pas à ralentir, même quand l'un d'entre eux se plaignait d'avoir le tournis à force de virages secs et serrés dans ce dédale de bitume craquelé qui n'en finissait plus. Une fois arrivés, enfin, chacun et chacune purent respirer et, du coup, se calmèrent. Après un café rehaussé de quelques larmes de whisky offert à la maison de la culture, nous eûmes droit à une visite guidée du village en notre qualité d'invités de marque.

Nous partîmes avec Lynn, l'animatrice de la soirée. Celle-ci occupait le poste de travailleuse sociale dans la zone administrative desservant le village de Stanhope et des environs. C'était une jeune idéaliste rousse aux yeux bleus et au teint couperosé. Elle était vêtue d'une chemise verte et d'un jeans neuf. Lynn était représentative de la nouvelle génération de diplômés frais émoulus de l'Université Bishop, comme la plupart des organisateurs du festival qui avaient entre vingt et vingt-cinq ans ; ces jeunes constituaient l'avenir d'une région en pleine explosion démographique. Depuis quelque temps déjà, les Cantons cherchaient à redéfinir leur place dans le concert des régions québécoises. Et les aînés, pour contrer l'influence des barons de la drogue, faisaient le maximum pour valoriser l'instruction, la culture et les études supérieures. C'est ainsi que Lynn, partie du fin fond de Saint-Venant-de-Hereford, occupait aujourd'hui un poste convoité, ayant pour fonction d'animer des sessions de formation avec des professeurs itinérants, diverses activités culturelles, dont les ateliers d'écriture, ainsi qu'un atelier d'apprentissage de la conversation en anglais. Avec toute cette jeunesse et cette énergie, Stanhope allait réussir à tenir son pari.

Notre petit groupe emprunta le chemin de l'église, immense construction de pierre grise pourvue de vitraux bleus et d'un gigantesque clocher, puis longea un parc orné de flamboyants arbustes fleuris. Au fil de la randonnée, quelques ados désœuvrés se joignirent à nous pour sillonner la rue menant à la mairie qui s'élevait devant le dispensaire de la Croix-Rouge où, à tour de rôle, deux infirmières officiaient durant la semaine. Lynn nous fit visiter le marché du cuivre où Eileen passa près d'une heure à admirer les raccords, tuyaux et pièces de toiture qui rutilaient sous les luminaires. L'Irlandaise se tourna vers Maurice pour lui montrer un joli chaudron de laiton et demanda s'il pouvait lui allonger quelques dizaines de dollars, car elle n'avait pas apporté son sac, ce qu'il fit de bonne grâce. Pendant ce temps, Rénald, qui avait repéré la plus belle fille du village, alla lui conter fleurette. Intimidée par la dégaine élégante du poète rimouskois, la coquette, hypermaquillée, battait des cils en rosissant des joues, les fesses bien moulées dans son jeans. Tout au long de la sérénade, on voyait la belle jouer des doigts avec sa chaînette dorée où pendouillait une petite croix de Jésus-Christ plongeant dans un bustier trop serré.

Quant à Eileen, envoûtée par les lieux, son chaudron sous le bras, elle s'intéressa à l'architecture des maisonnettes faites de bois sur lesquelles une flore fastueuse s'ingéniait à pousser. Elle s'amusa à suivre l'entrelacement des fils électriques au-dessus des habitations, qui, tels des lierres caoutchoutés, couraient d'un bâtiment à l'autre. Soudain, plusieurs ados s'agglutinèrent autour d'elle pour savoir ce qu'elle photographiait. Ils lui posèrent mille questions dans un français qui lui échappait et auxquelles elle répondait par des phrases sans nuances qui tombaient comme un galet dans une flaque. Oui, elle écrivait depuis un long temps. La poésie était le genre qu'elle aimait le plus. Non, l'inspiration ne tombait pas du ciel. Trouver des idées, c'était un vrai puzzle. Elle ne vivait pas de la vente de ses livres. Eileen était professeure d'anglais, *first language,* dans un *really big high school* de Toronto. Devenir le centre de l'attention des jeunes transforma son voyage. Elle se prit au jeu de la rencontre des deux solitudes. Finalement, la nuée d'adolescents la délaissa pour Maurice qui leur chanta l'histoire du *grand six pieds des alentours du lac Saguay...*

Puis notre petite troupe retourna lentement à son point de départ, la maison de la culture. Alors que l'heure bleue descendait sur la montagne, cet univers coloré se transforma en un lieu plus sombre. Pendant que nous marchions dans le village, des techniciens avaient monté une scène à l'aide de tréteaux ; ils avaient mis dessus une table, cinq chaises, deux micros et des verres d'eau. C'était là qu'avait lieu le récital. Un groupe de techniciens vint brancher un autre micro pour l'animateur et ils allumèrent ensuite les projecteurs pour les diriger sur la plate-forme et sur un grand espace carré recouvert d'une toile de jute, devant l'estrade où les poètes allaient prendre place. Dans un anglais approximatif, Rénald expliqua à Eileen que c'était à cet endroit, devant leur table, que les danses auraient lieu. « *Dances ?* » fit Eileen, alors que chacun sortait des feuilles de poèmes qui de sa poche, qui de son sac, qui de sa besace. Pour la première fois de sa vie, murée dans son monolinguisme, Eileen prit la mesure de ce qu'était une frontière linguistique, mur invisible se déployant devant toute un univers culturel qu'elle ignorait jusque-là.

Pendant que deux guitaristes s'apprêtaient à monter sur la scène, je me brossai les cheveux, Maurice faisait ses vocalises et Rénald feuilletait ses poèmes cherchant lequel était le plus approprié pour la soirée. Abasourdie, Eileen nous suivit sans dire un mot, tenant au bout de sa main quelques feuilles dépliées qui tremblotaient. Elle n'avait qu'un seul poème en français, mais il faisait trois pages. Depuis le début du festival, il y avait toujours quelqu'un pour lire son poème en français, avec les bonnes intonations, après qu'elle l'ait lu en anglais. Étonnamment, le fait de lire un poème en anglais, une langue que l'on n'entendait plus là-bas, risquait de créer un choc dans l'auditoire de ces villages maintenant habités par les francophones. À Stanhope, ce soir-là, il n'y avait pas d'interprète pour faire la lecture de son *french poem*, œuvre néogothique dépeignant une Amérique ensauvagée qui s'opposait au monde froid et rationnel des colonies anglo-protestantes. Anxieuse, Eileen vint me voir pour m'expliquer que ça ne marchait pas et qu'elle ne voulait plus faire partie du spectacle. Je lui répondis sèchement qu'il était trop tard et qu'il fallait qu'elle lise en français comme tout le monde. Ne sachant trop comment se résoudre à l'inéluctable, Eileen fit le tour de l'estrade, un sourire figé sur les lèvres, et marcha jusqu'au parc voisin en pestant contre nous tous en une suite d'imprécations plus ou moins audibles.

Le maire de Stanhope arriva, pressé, bouche serrée, un porte-documents dans chaque main, chaussé de bottes de gaucho sur des jeans serrés à la taille par un ceinturon de cartouchière. D'après le col qui dépassait, il avait aussi un gilet pare-balles sous sa veste de cuir. Pour avoir du chien, ah ça! il en avait. Il tapota sur le micro afin de voir s'il était branché. Cela fait, il descella les lèvres et sortit son téléphone cellulaire, l'activa et laissa tomber une phrase courte et impérative, soit l'ordre d'actionner la sirène du village. Alors, un son strident balaya les lieux, intimant à chacun de se présenter à la fête. Stanhope recevait des personnes de qualité. Stanhope allait leur faire honneur. Stanhope était en liesse.

Les jeunes gens réquisitionnés pour l'occasion se mirent à déplier des dizaines de chaises et à les disposer un peu partout, jusque dans les rues attenantes à la scène pendant que des jeunes filles se plaçaient aux quatre coins des lieux pour distribuer des petits drapeaux canadiens. Alors, peu à peu, on vit arriver les habitants par petits groupes d'amis, par familles entières et par bandes de la même tranche d'âge. Parmi eux, quelques personnes âgées, des hommes et des femmes aux bras chargés d'enfants se déployèrent pour occuper les meilleures places. Quand tout un chacun se fut assis, le maire ressortit son cellulaire et d'un jappement, ordonna de faire taire l'alarme. Le silence régna enfin dans la paix retrouvée. Peu après, on entendit les cris d'une foule d'enfants qui arrivèrent en courant pour jouer dans le parc situé derrière la scène, profitant de la lumière des projecteurs pour étirer le temps des jeux.

C'est dans ce brouhaha que Eileen, Rénald, Maurice et moi-même montâmes sur l'estrade pour prendre place à titre d'invités d'honneur en notre qualité de poètes. J'entendis alors Eileen demander tout bas à Maurice s'il acceptait de lire son poème en français; il refusa aimablement. Je la vis se tendre. Il ajouta que le fait de lire en français d'abord allait lui permettre de créer un espace acoustique particulier. Puis il fallut se taire, car la soirée allait commencer.

Le maire prit donc la parole pour inviter le technicien à lancer l'hymne national. Alors, tous se levèrent et entonnèrent solennellement le chant de la patrie au front ceint de flonflons glorieux. Ensuite, le maire lut le programme de la soirée. Je remarquai qu'il menait la soirée comme s'il s'agissait d'un conseil municipal, cochant chaque activité réalisée. Il y avait beaucoup d'ordre dans ce récital de poésie, contrairement à ceux auxquels j'avais déjà participé ailleurs. Personne ne faisait de geste déplacé pour se rendre intéressant. Pas d'alcool ni fumette. Les rôles étaient clairs : le public écoutait et applaudissait ; le maire animait ; quant à nous, poètes, nous nous donnions en spectacle en lisant nos textes avec clarté. Il y avait bien des dizaines d'enfants qui jouaient derrière, mais tout le monde les laissait faire, car les enfants sont des enfants après tout.

Après que j'ai déclamé mon poème féministe qui se termine par « Je suis une fiction ! », que Rénald a lu ses proses d'intello blasé et Maurice, traité de ses tourments amoureux sur le ton rauque qu'on lui connaissait, Eileen se leva et dit le sien, de but en blanc, en français, sans accent aucun. Elle déclamait sur un ton un peu monocorde un poème d'automne au cœur duquel se déployait un parti pris pour le multiculturalisme. Maurice, Rénald et moi échangeâmes des regards, surpris et indignés. Elle inventait au fur et à mesure ! Sa manière de parler un français parfait créa un émoi dans l'assemblée ; les mots et les sonorités se réverbéraient sur chaque mur de chaque maison. Les montagnards l'écoutèrent bouche bée, et, quand elle termina, ils applaudirent à tout rompre. Contre toute attente, un homme cria « Vive la poésie française ! » Un

143

autre lança «Jean Cocteau! Jacques Prévert!» Et, spontanément, Eileen O'Toole salua l'auditoire en mettant ses mains en croix sur son cœur. Bien sûr, il fallait y penser, voilà qu'elle incarnait la France!

Ensuite, on enchaîna avec un spectacle de danses folkloriques présentées par une troupe d'adolescents qui participait à des concours provinciaux. Ils firent d'abord une danse de Saint-Tite où les hommes portaient un chapeau de cowboy en faisant claquer leur fouet pendant que les femmes tournoyaient sagement à leur côté en agitant leur jupon à froufrous. Puis, après un changement de costumes, les membres de la troupe se lancèrent dans un set carré endiablé, avec percussions et accordéon. Tout le village fut séduit par le charme de ces danseurs dont l'agilité rivalisait avec la beauté des jeunes filles rompues à la discipline qu'exigeait autant de coordination. Le Québec n'avait rien à envier à l'Irlande, pensai-je en décochant un œil torve à Eileen qui, forte de son succès, trônait, un sourire accroché aux lèvres.

Grâce à sa petite entourloupette, elle se propulsait bien loin des majorettes de son adolescence à Peterborough. Les équipiers circulaient les uns entre les autres tout en suivant le rythme imposé. En finale, chaque garçon souleva sa compagne avant de la faire tournoyer, faisant ainsi voleter ses jupes colorées avant de la poser sur son épaule. Éblouis, Rénald et Maurice prirent des photos; je lançai des «Bravo!» pendant que, du coin de l'œil, je voyais Eileen s'étonner de cette chorégraphie nourrie d'autant de savoir-faire. Et elle resta là, un peu coincée. Plus tard, Eileen se pencha vers moi pour me dire qu'elle trouvait que les soirées de Stanhope différaient drôlement de celles se déroulant dans la capitale canadienne... Je ne répondis pas à cette nouvelle provocation.

Ensuite, le deuxième tour de poésie eut lieu et monsieur le maire réapparut pour nous présenter de nouveau. Après chaque prestation, il recochait notre nom sur sa feuille. Encore une fois, nous nous exécutâmes l'un après l'autre. Maurice lut le poème d'Eileen dans un anglais parfait, un anglais blanc et sans accent; elle salua l'assemblée qui reconnut la langue de ses ancêtres. Eileen remercia Maurice. La soirée finit dans une explosion d'applaudissement et de cris. Puis, une fois la séance de dédicaces terminée (pour rire, Eileen écrivait le nom de chaque personne en anglais sur le papier qu'on lui présentait), une fois la foule dispersée, les poètes purent enfin entrer dans la maison pour se réchauffer.

Tout le monde était content de sa performance et s'en félicitait. Pour sa part, Eileen accusait une grande fatigue; elle avait fait une autre lecture en matinée, à Lennoxville, en anglais, dans un salon de thé. Elle avait aussi visité une école de décrocheurs dans un ancien couvent de briques rouges. Or, sa lassitude fit en sorte de faire émerger une forme de spleen. Eileen O'Toole éclata en sanglots. Maurice et Rénald vinrent la consoler. Elle disait avoir les nerfs à vif depuis son arrivée. Elle déplorait le fait qu'ici, il y avait toujours quelque chose qui bougeait, de la musique qui jouait, des gens qui dansaient ou fêtaient, toujours, partout, tout le temps. Même à l'hôtel, personne n'arrivait à dormir à cause d'un défilé ou d'une fanfare qui s'ébranlait dans le parc ou la rue voisine. Eileen O'Toole n'en pouvait plus. Elle avait l'étrange impression d'être saoule depuis son arrivée.

Enfin, la femme du maire vint nous faire un dernier discours où, les larmes aux yeux, elle dit l'importance de la culture pour la jeunesse de Stanhope; son mari distribua ensuite un rapport socio-économique sur la région pour qu'on prenne la mesure de leurs efforts. D'un commun accord, les poètes serrèrent la main du maire et de la première dame du village. Ils commencèrent à se lever pour enfin se retirer, saluant et remerciant chacun, chacune, pour cette formidable soirée.

Maurice sortit fumer une ou deux cigarettes. Rénald profita du brouhaha pour serrer de plus près sa jolie poudrée à qui il récita un dernier poème. Quant à notre chauffeur, Richard, il en était à son troisième café quand Lynn annonça à la ronde que c'était l'heure de partir. Les poètes montèrent dans la voiture, songeant à la route en zigzags qui les attendait et qu'ils allaient devoir refaire en sens inverse. À voix basse, Rénald confia aux autres que, dans cette noirceur, le chauffeur n'allait certes pas en profiter pour commettre des excès de vitesse. Eileen prit place derrière le chauffeur en hoquetant, je m'assis au centre et Maurice à gauche, derrière Rénald qui n'attendait que le rétablissement du signal satellite pour réactiver son cellulaire. Eileen en fit autant et alluma son iPhone pour interagir avec ses amis sur Twitter. Quant à Maurice, il s'endormit. Je bavardai tout bas avec Eileen à propos de la vitesse à laquelle nous roulions. Nous en déduisîmes qu'il nous faudrait près de quatre heures pour revenir à l'hôtel et Eileen s'endormit, emmitouflée dans un pull à capuchon.

Une fois arrivé, chacun débarqua en s'étirant et partit se coucher sans rien dire, vanné comme jamais. Le lendemain, à neuf heures, douchés, peignés et fardés d'anti-cernes, nous étions déjà prêts à repartir pour réciter des poèmes, l'un dans un café à Coaticook, l'autre dans une maison de la culture de South Hatley, et cetera.

•

Je revis Eileen avant qu'elle nous quitte. Elle déclara qu'elle avait vécu une expérience exceptionnelle en lisant un de ses poèmes traduits en français, une langue qui lui échappait, au cœur d'une culture forte, enracinée, entourée de jeunes gens si fiers de leur identité. Ce foisonnement occasionna un choc dont Eileen peinait à se remettre. Son poème noir lui apparaissait sous un autre jour.

— *So*, Eileen... vas-tu continuer à parler français ? lui demandai-je.

— *I don't think so*, commença-t-elle en faisant la moue.

— *Why ?* insistai-je.

— *French culture is so cute, but so small...*

— Maudite Anglaise ! lançai-je, outrée.

— *I'm Irish !* fulmina-t-elle, car elle avait très bien compris.

— Écoute ben, chu ben Écossaise pis Indienne, pis je parle français, moi ! fis-je, choquée par son manque total de générosité.

Et ma main est partie toute seule, je l'ai giflée. Comme une Française. Et l'autre folle s'est mise à crier. Puis elle m'a rendu ma claque. Je lui ai sauté dessus. On a roulé toutes les deux en se tirant les cheveux dans le hall de l'hôtel. Maurice et Rénald sont venus nous séparer. Les organisateurs sont accourus pour nous arrêter. Ça n'en finissait plus. Tout ce monde autour de nous deux pour nous séparer. De cela, elle s'est souvenue. Depuis, chaque année, elle m'invite à son festival de poésie irlandaise à Peterborough, en Ontario.

Le maître des corbeaux

À René-Daniel Dubois

Le don est échange de vie
et la vie échange de don.

Paul Zumthor

Je ne sais pas ce qui m'a pris ce jour-là. Il m'arrive de vouloir changer le cours de ma vie, tellement et tant encore… que je vais trop loin. Je le sais fort bien. J'exagère. Je ne me domine plus. Il y a quelque chose qui me pousse, qui m'emporte, une impulsion d'une force inouïe, un instinct de survie. Alors, je fais comme si tout était permis, comme si ce que je voulais devienne possible ; je me distancie des automatismes qui m'enserrent, m'agissent et font que je suis devenue qui je suis. Une fois libérée, je prends congé de mes propres constats et je m'octroie une identité improvisée. Un psy nommerait ce phénomène un état de manque existentiel, douleur métaphysique, crise de bovarysme, et tutti quanti. Cela s'est encore produit en mars dernier.

•

J'étais à Paris avec un autre écrivain, un ego carabiné qui jouait les m'as-tu-vu. Il était d'ailleurs venu pour se faire voir. Il devait se rendre à Lyon pour un récital avant de se présenter au Marché de la poésie de Paris en juin. Beaucoup d'appelés, peu d'élus; il était des premiers et moi, des seconds. Ainsi va la vie, me disais-je, songeant à ma revanche. Et puis... grand bien lui fasse, fis-je intérieurement pour me consoler en l'accompagnant à la gare où il prenait le TGV.

J'attendis à ses côtés l'heure du départ. Comme la plupart des personnes narcissiques, il souffrait d'angoisse chronique. Il se faisait un mouron de tous les diables pour des peccadilles qu'il transformait en autant de signes funestes. Au moment où il s'inquiétait de la possibilité de dérailler, son train arriva, bien en équilibre sur la voie ferrée. Nous nous embrassâmes et je le suivis des yeux jusqu'à ce qu'il monte dans le wagon avec les autres passagers. «Enfin parti!» soupirai-je intérieurement tout en le saluant d'un mouvement de la main. Je me sentais délestée d'un immense poids, celui de sa présence tourmentée. Depuis mon arrivée, j'éprouvais enfin la joie ineffable de me retrouver seule et vibrante dans la Ville lumière, celle de tous les possibles.

Plutôt que de retourner à l'hôtel en métro comme nous étions venus, je partis à pied de la gare pour aller sur les quais, dans le 2e arrondissement où j'occupais une chambre jusqu'à mon retour à Montréal dont le vol était prévu le surlendemain en matinée. Qu'allais-je faire de tout ce temps qui m'était enfin dévolu? Avec lui, j'étais l'ombre obligée ayant pour fonction de s'effacer pour mieux le laisser briller. Je m'éclipsais toujours afin que Monsieur s'éclate au soleil des médias. Quand je l'accompagnais, j'oscillais toujours entre le pulsar et la naine blanche. On dit «faire-valoir» en bande dessinée. Ma vie était-elle aussi linéaire qu'une suite de cases dont les personnages s'exprimaient par des bulles? C'est Milou pour Tintin, Idéfix pour Astérix; bref, j'étais le westie blanc de l'aventurier vengeur, le chien qui fait «Ouaf!» alors que j'avais tout de la lionne qui chasse...

Voilà que je retrouvai ma prestance habituelle pour me reconstituer, entière, pleine d'intelligence. Circulant parmi les travailleurs, je marchai en sautillant et je fis même un bon cent mètres à cloche-pied en éclatant de rire. J'étais libre! Voilà que je respirais enfin. Je jouissais de vivre de nouveau! Sur le coup de midi, lumineuse, j'entrai dans un café pour déjeuner. Je demandai les journaux au garçon qui s'empressa de me tendre le menu. Il revint avec un exemplaire de *Libération,* du *Monde* et du *Figaro,* une flûte et une eau pétillante. Gourmande, je pris tout ça afin de me sustenter du potage au dessert, conservant les éditoriaux comme autant de plats de résistance sous l'œil goguenard de mon voisin de table qui me lâcha un inévitable:

— Vous n'êtes pas d'ici, vous!

— Non! C'est vrai! Vous m'avez débusquée! C'est mon accent! fis-je pour m'amuser, sachant bien que je ne m'étais pas trahie jusque-là.

— Passer de *Libé* au *Figaro*! Punaise! Personne ne fait une chose pareille! commença-t-il en grommelant tout en se passant les mains dans les cheveux qu'il avait ras.

— Ah bon! Et pourquoi donc? rétorquai-je, amusée.

— Ou on est de gauche, ou on est de droite! tonna-t-il en dodelinant de la tête. Pas les deux!

— Et on ne peut pas passer de l'un à l'autre? ajoutai-je encore.

— Pas dans le même repas, madame. On ne vous a pas appris?

Étant donné que je ne répondis pas, il eut l'outrecuidance d'ajouter:

— Mais enfin, madame : vous êtes Belge ou quoi ? lança-t-il avec suspicion.

— Il n'y a pas de gauche, d'où je viens, alors laissez-moi lire, monsieur, je vous en prie ! lançai-je sèchement au rustaud.

Là-dessus, le garçon reprit du service et vint noter ma commande. Je m'en tins à la carte. Potage roux du Languedoc, steak frites et flan caramel suivi d'un express bien serré. Il manquait quelque chose et le garçon insista. Un ballon de rouge, bien entendu. Mon voisin en fit autant.

Le fait de manger le même repas ne nous rapprocha aucunement. Il me jetait un regard noir chaque fois que je changeais de journal. Tout cela est de bon augure, me disais-je en tâchant de surmonter l'irrépressible fou rire qui m'habitait depuis que j'étais attablée à La Petite Absinthe, boulevard du Crime.

— Ah ! J'y suis ! fit sentencieusement mon irascible voisin, rendu au fromage en me toisant, le couteau dans une main, un croûton dans l'autre. Madame est Canadienne ! À ce compte-là, vous pouvez bien faire ce qui vous chante ! Le Canada ! Tsss ! Votre Monsieur Harpeur et ses sables bitumineux, ah ! si ce n'est pas malheureux... Tiens, je vais vous offrir *Le Canard enchaîné*, si ça peut vous faire plaisir ! ajouta-t-il un brin débonnaire avant de héler le garçon. Ça vous plairait ?

— Bien sûr ! répondis-je, surprise à souhait.

— Mais j'y pense... je ne peux pas vous l'offrir ! Il paraît jeudi seulement ! Oh la la ! Comme c'est malheureux !

— Je survivrai, très cher monsieur ! fis-je, déconfite.

— Vous ne recevez pas *Le Canard enchaîné* au Canada...

— Non, monsieur, nous avons *Le Mouton noir* ! répondis-je le plus sérieusement du monde, ce qui le fit s'esclaffer

151

bruyamment. Il appela le garçon, paya son addition et, hilare, il m'offrit mon repas !

— Allez ! Bonne journée ! *Le Mouton noir* ! Et pourquoi pas *La Brebis galeuse* ? ! Elle est bonne celle-là !

— Bonne journée, m'sieur Canard !

— Bonne journée, madame Mouton !

C'est ainsi que je laissai partir le triste sire devenu joyeux drille. Plus tard, je quittai les lieux afin de continuer à célébrer ma liberté, enchantée par la tournure des événements.

•

J'étais dans le 6ᵉ arrondissement, le Quartier latin. Je connaissais ses grandes universités, quelques maisons d'édition célèbres longeant la rue Jacob, les cafés fréquentés par les intellectuels et un parc dont j'oubliais le nom. Je me souvins d'un voyage précédent où, accompagné d'un ami, j'avais visité l'ancien hôtel des abbés de Cluny devenu musée du Moyen Âge. Il y a là de célèbres tapisseries dont celle, inoubliable, de la *Dame à la licorne*. Nous avions été éberlués d'y rencontrer l'écrivain Michel Tremblay, bien connu pour la langue affûtée de ses *Belles-Sœurs*. Comme quoi tous les chemins mènent partout, fussent-ils parcourus des furieux *jouaux* aujourd'hui revampés par la comédie musicale. Je mis du temps à faire le lien entre la licorne médiévale et son roman intitulé *Le trou dans le mur*, paru la même année. Ce souvenir me remit les idées bien en place et je partis hardiment faire le tour du quartier, tagada, tagada. Je montai fougueusement le boulevard Saint-Michel jusqu'au jardin du Luxembourg, oui, que je traversai, ravie de saluer deux officiers de cavalerie sur leur pur-sang, pour redescendre rue de Vaugirard, tourner rue Bonaparte quand je tombai place Saint-Sulpice et m'approchai de l'église du même nom. Mazette !

Ne l'avais-je pas déjà visitée, jadis ? Tout de suite, un incident amusant me revint en mémoire. Il remontait à l'époque où Dan Brown avait publié son palpitant *Da Vinci Code*, événement planétaire s'il en fut. Un de mes étudiants me l'avait même conseillé, arguant qu'il s'agissait là d'une œuvre féministe revisitant la fondation de la chrétienté puisque l'auteur présentait un Jésus de Nazareth vivant en couple avec Marie Madeleine. Enfin, pour ajouter l'insulte à l'injure, l'auteur états-unien avait fait de cette somptueuse église de facture classique le théâtre du meurtre d'une religieuse. Quiconque avait lu le best-seller n'y entrait qu'en tremblant.

Cet ouvrage avait déclenché plusieurs controverses auprès des catholiques et des historiens de la religion ; Dan Brown, un protestant d'obédience épiscopalienne, avait particulièrement offensé l'église de France en prétendant que le gnomon de l'Église Saint-Sulpice était un cadran solaire d'origine païenne relié à *The Roseline*. Cette « Rose ligne » en était une de navigation coïncidant avec le méridien zéro qui, au Moyen Âge, avait départagé la France, celle du nord, coïncidant avec la langue d'oïl, et celle du sud, la langue d'oc. L'auteur de cette belle arnaque semait la zizanie à force d'imbroglios emmêlant les paillettes du scandale à celles du bluff. Et quand Dan Brown retira ses billes, il empocha les redevances de millions de ventes en librairie. Un vrai génie, du mal.

De fait, le gnomon n'avait rien à voir avec la franc-maçonnerie ; il s'agit d'un calendrier astronomique ayant pour fonction d'établir l'équinoxe du printemps, en plus de marquer le passage des heures et de le faire connaître par des sonneries de cloches. J'avais trouvé amusantes les mises en garde sur papier ordinaire que les sulpiciens avaient scotchées aux piliers centenaires pour prévenir la foule des visiteurs venus reconstituer les étapes de la fiction brownienne. On voyait dans ce geste la colère retenue des prêtres qui n'avaient trouvé que ce pauvre moyen pour mettre fin aux demandes incessantes des touristes cherchant à séparer le bon grain de l'ivraie. Dans les médias, la dispute qui en avait résulté avait frappé l'imaginaire. D'ailleurs, le cardinal Tarcisio Bertone, membre de la congrégation pour la doctrine de la foi, avait interdit la lecture de l'ouvrage aux catholiques, à l'instar des *Harry Potter* vantant la sorcellerie et les rites de magie noire. Quatre siècles après les guerres de Religion, la controverse entre catholiques et protestants se perpétuait, me disais-je en entrant dans l'immense église qui occupait bien un quadrilatère à elle seule.

Quand je revis les lieux empreints de majesté, la hauteur de la voûte appelant à l'élévation spirituelle, la beauté architecturale du chœur se prolongeant dans l'abside de la grande nef, je fus de nouveau saisie par le frisson de la foi alliée à la science. Je m'engageai lentement vers l'autel central. Une fois passé l'atrium, j'arrivai au cœur de la nef, puis je tournai dans l'allée transversale nord et reconnus l'immense gnomon ressemblant à un obélisque. La Révolution y avait laissé ses traces; quelques enragés s'étaient ingéniés à effacer à coups de burin l'adjectif « royal » et toute mention du roi et de ses ministres ayant présidé à la construction des lieux. Je m'y assis pour en contempler l'architecture et m'amusai à chercher comment on pouvait y lire l'heure. Je découvris dans le transept sud, au haut de l'immense vitrail, un carré noir qui jouxtait une plaque de fer dans laquelle on avait percé un œilleton. Ce trou devait laisser passer un rayon qui frappait au sol un disque de cuivre qui, à son tour, renvoyait le filet lumineux sur la réglette de laiton du gnomon, à un endroit précis marquant l'heure, le jour et le mois de l'année. Pas de chance pour moi, pensai-je, puisque le temps était couvert.

Pendant ce temps, derrière moi, un car déversait son chargement de touristes. À la dérobée, je vis un groupe de Méditerranéens d'un certain âge circuler lentement, les femmes couvertes d'une voilette de dentelle et les hommes, d'un chapeau, les mains serties de chapelets scintillants dans la lumière comme autant de verroteries dans les mains des Sauvages de la Nouvelle-France en une autre époque. Je me levai en soupirant. Autre temps, mêmes mœurs.

Je repris ma visite des lieux pour découvrir, tout au fond, encore d'autres chapelles situées derrière ; dans l'une logeaient les fonds baptismaux taillés dans le marbre jaspé ; une autre servait à la prière et une dernière, clôturée par une lourde grille en fer forgé, semblait attendre quelque célébration. On y avait allumé des lampions qui émettaient une lumière trouble sous la voûte humide des pierres ancestrales. J'imaginai qu'il s'agissait d'une chapelle ardente où quelques éplorés venaient prier un être cher disparu.

J'ai toujours aimé me fondre pour disparaître dans la foule des autres. J'évolue incognito en tant que témoin privilégié qui va, le pas léger, sans faire sentir sa présence. Un fantôme attentif. Sans bruit, je continuai à parcourir les lieux, circulant entre les ouailles et les touristes. Allant comme si je n'existais pas et que j'étais devenue invisible. Au loin, dans l'ombre du jubé, je remarquai un vicaire en surplis qui s'agitait. Il s'ingéniait à insérer une affichette dans un présentoir vitré. Pris de tremblotements, le prêtre éprouvait de la difficulté à insérer le document entre le bois et la plaque de verre destinée à le protéger. Je m'approchai et lui offris mon aide. Il me remercia en m'appelant son enfant. Le placard révélait que la célébration des obsèques de Michel Brequin avait lieu à 15 h ce jour-là. Machinalement, je jetai un œil à ma montre-bracelet: il était 14 h 30.

Je ne connaissais Michel Brequin ni d'Ève ni d'Adam. Qu'à cela ne tienne. Je ne sais trop par quelle insigne volonté, je décidai sur-le-champ d'assister à ses funérailles. J'assimilai cette décision à un acte de folie et je connus quelques secondes de profond découragement envers moi-même. Mais à partir du moment où je pris cette décision, une mystérieuse aura m'enveloppa. Je baignai alors dans une énergie bienfaisante qui m'était jusqu'alors inconnue, celle d'une âme qui exigeait ma présence. Je m'agenouillai sur un prie-Dieu, non loin pour me mettre à l'écoute du défunt. Je finis par comprendre que Michel Brequin voulait impérativement que je reste pour célébrer sa mort puisque nous ne nous étions pas connus du temps de son vivant. Sur le coup, je me dis qu'il s'agissait là d'une fantasmagorie inqualifiable que d'accepter pareille proposition. Je me rebellai contre une telle imposture. Alors Michel Brequin répliqua en me soufflant: «C'est la vie qui est une imposture; maintenant mort, je le sais bien, je vous l'assure.» Chacun sait pertinemment qu'on ne discute pas avec l'âme d'un mort qui fait entendre sa voix en votre for intérieur. C'est pourquoi j'obéis sans broncher. C'est ainsi qu'après avoir largué un encombrant poète qui passait sa vie à déclamer, je me retrouvai sous l'empire d'un trépassé dont je ne connaissais que le nom.

•

Un vieux prêtre en soutane, décharné, chauve et aux arcades sourcilières proéminentes, sortit prestement d'un confessionnal pour marcher rapidement en direction de la chapelle fermée, un trousseau de clés à la main. Une fois rendu, il sortit un mouchoir blanc et, d'une main, s'en s'épongea le front; de l'autre, il choisit une grande clé et l'inséra dans le cadenas de fer qui fermait la porte grillagée. Il ouvrit la chapelle mortuaire aux personnes venues rendre un dernier hommage à Michel Brequin. Je me levai et je m'avançai pour me fondre au groupe des affligés. Je pris place sur un banc, à la dernière rangée, parmi les connaissances, laissant la famille occuper les sièges avant qui leur étaient réservés.

Un homme et une femme échangeaient des photos du cher disparu quand un membre de la famille vint leur porter le faire-part de décès. Ne me connaissant pas, il ne m'en offrit pas. Me voyant assise près d'eux, la femme se retourna, les yeux bouffis, tortillant un mouchoir entre ses doigts. Elle me demanda si je voulais lire la lettre du mort, car elle ne le pouvait pas. Là-dessus, elle se mit à pleurer tout en retenant son souffle, ce qui la fit hoqueter avec grand bruit. L'homme la prit dans ses bras et il se débarrassa du faire-part en me le tendant. J'appris enfin de qui il s'agissait : Michel Brequin était propriétaire d'une librairie de livres rares et d'incunables et spécialiste des ouvrages ésotériques de l'Ancien Régime. Au fur et à mesure de ma lecture, j'entendis le mort ajouter quelques précisions que sa veuve n'avait pas cru bon d'indiquer : si, de son vivant, le libraire était amateur de livres anciens, il se doublait d'un occultiste puissant versé dans l'étude de l'alchimie.

Je commençai à trouver que les choses étranges s'enchaînaient trop bien pour mon premier après-midi de

liberté. Michel Brequin me souffla que je devais patien-
ter pour me dévoiler à ses amis et à sa famille, car mon
heure n'était pas venue. Étonnée par cette conversation
médiumnique, je me penchai vers le couple pour savoir
si je pouvais conserver la lettre du mort. Lui fit signe que
oui et sa femme hoqueta de plus belle, puis on vit arriver
le cercueil contenant la dépouille du libraire spirite. Les
grandes orgues s'animèrent étouffant rumeurs et mur-
mures, ensuite la cérémonie débuta. Impassible, Michel
Brequin me dit de ne pas bouger. Je restai donc à la place
que j'occupais, me sentant vivante comme jamais, les yeux
rivés sur le grand coffre noir. Impassible et blême. À côtoyer
le Brequin. Venu de l'invisible. Par quelque trouée.

•

La cérémonie avait été conçue par des gens cultivés.
Des musiciens vinrent jouer des airs de Schubert et un
guitariste interpréta *La Vida Breve* de Manuel de Falla. Un
jeune homme vint lire un long poème de Pierre-Jean Jouve
dénonçant la société technique et son cortège d'objets
électroniques ayant transformé la vie et la connaissance en
autant de chimères. Devenues de véritables entreprises de
falsification, les grandes études avaient perdu leur valeur.
Leur puissance initiatique menant au grand œuvre avait
avorté ; la transmutation du plomb en or n'était qu'un
souvenir associé à la supercherie d'une époque obscure
et le passage des Saintes Écritures à l'Amour du Christ,
à tort, une errance de plus. Je m'étonnai de ce sermon
empreint d'une frileuse religiosité. À mes côtés, toujours
présent, le fantôme de Michel Brequin me glissa à l'oreille
que sa famille avait toujours confondu les voiles d'Isis
avec la mystique des exégètes du catholicisme romain. Je

hochai de la tête. La cérémonie achevait. La femme et le fils du défunt déposèrent un lys sur la tombe, en signe de sa résurrection à venir.

Le prêtre célébrant invita alors chacun à venir faire ses adieux à Michel Brequin. Il y eut un mouvement dans l'assemblée jusque-là recueillie. Les participants se levèrent sans hâte pour faire la file en silence. L'organiste joua une fantaisie de Bach. L'ambiance s'allégea. J'allais partir quand les employés des pompes funèbres vêtus de noir s'approchèrent et commencèrent à empiler quelques chaises afin de pratiquer un passage pour faire sortir le cercueil plus commodément. J'eus l'impulsion de me voir poussée en avant. Je me levai et me mis derrière les autres pour rendre hommage au libraire Brequin. Par la suite, étant la dernière, j'allai présenter mes plus sincères sympathies à la veuve et à l'orphelin affligés par le deuil. Je pris le temps de me présenter. Alors, il se passa quelque chose d'inouï, de fol et d'inédit. La veuve me coupa pour me souffler :

— Ah! Françoise Levert. C'est vous. Enfin. Nous ne savions pas si vous alliez venir… mais vous êtes là. En dépit de la distance. Michel aurait été si heureux… Vous êtes la dernière personne à qui la Société ait envoyé une invitation.

Je dodelinai de la tête comme si ce qu'elle venait de me révéler faisait du sens, enlisée jusqu'au cou par le délire télépathe. Là-dessus, j'accompagnai l'adolescent et je soutins la mère jusqu'au corbillard. Elle m'invita à les accompagner au cimetière et me dit de prendre place à ses côtés, avec le fils, Joachim. Nous nous rendîmes au cimetière Montparnasse. Les Français enterrent leurs morts en les ensevelissant en des lots rappelant les arrondissements où ils avaient vécu, comme si la vie d'avant continuait après. Lentement, nous passâmes devant les tombeaux de Jean-Paul Sartre, de Marguerite Duras et d'Eugène Ionesco pour nous arrêter devant le caveau familial des Brequin, non loin de la Tour du Moulin.

La stèle funéraire de la famille, une lignée de bibliophiles, avait été sculptée dans un marbre blanc de qualité ; on y voyait peu de rainures sur la surface. Je m'approchai et je lus une série de noms suivis d'inscriptions cabalistiques que je me mis en frais de déchiffrer, en vain. Par contre, je reconnus un pentagramme rappelant celui du Dr Faust dessiné par Eliphas Lévis dont j'avais examiné la composition chez un des libraires de livres usagés nichés quai de Conti. Par curiosité, je fis le tour des lieux, suivie en cela de Joachim, l'adolescent éploré avec qui je décodai quelques signes cabalistiques. Son père l'avait-il initié aux sciences ésotériques dont il était féru ? Quant à moi qui étais cette Françoise Levert, amoureuse de livres anciens, je partageais probablement la même passion que Michel Brequin pour l'occultisme et l'ignorer m'aurait mise en fâcheuse situation.

Je commençais à prendre la mesure de mes actes dont l'extravagance me faisait chanceler quand Joachim me fit remarquer que certaines gravures paraissaient récentes comparativement aux autres, couvertes de mousse et de moisissures, insignes marques du temps. De fil en aiguille, nous bavardâmes de choses et d'autres. J'appris que Joachim fréquentait le lycée Henry-IV, qu'il aimait la science-fiction, le slam et que son père était mort rapidement. Avec un certain effroi, il me parla d'un vieux livre de magie aux encoignures que d'aucuns croyaient empoisonnées. La veuve vint nous chercher afin de procéder à l'inhumation. Nous avons chacun reçu un feuillet de prières que nous avons ensuite psalmodiées avec ferveur. La petite communauté des intimes de Michel Brequin s'est ensuite dissipée. J'allais me retirer quand la veuve Brequin me proposa de venir passer quelques minutes en leur compagnie à la boutique La Nef des Fous, afin de célébrer la mémoire de celui qui avait tant aimé les livres. J'acceptai et le corbillard nous amena rue des Quatre Vents.

Nous débarquâmes de la voiture devant un immeuble de pierres grises où logeait le petit commerce de feu Michel Brequin. La veuve déverrouilla la porte et désactiva le système de sécurité. Nous pûmes entrer dans ce qui m'apparut comme une véritable caverne d'Ali Baba garnie de livres rares de différentes grandeurs dont l'importance était fonction de leurs raretés, allant du plus vieux, placé en vitrine, aux plus récents, les uns aux côtés des autres, à la verticale. Parmi d'autres objets précieux devenus introuvables au fil des siècles, on comptait deux sextants, trois télescopes de bois et un microscope à miroir du XVIIIe siècle, plusieurs masques vénitiens colorés, quelques chapeaux à plumes, des globes terrestres de différents diamètres dont un de forme cubique, une multitude de sculptures d'oiseaux, de reptiles et d'insectes géants entre lesquels, isolé, un discobole de bronze s'exerçait aux côtés de poupées russes serties de pierres précieuses et d'un authentique automate du XVIIe siècle indiquant l'heure sur son ventre. Sur les murs, une série d'estampes du XVIe siècle montraient d'étranges machines servant à peser les corps, sinon à les transformer par le feu, l'eau et l'éther. Il y en avait même une expliquant les mœurs cannibales de la lointaine Amérique australe des naturels du Brésil. Je fus attirée par l'encyclopédie d'Athanasius Kircher, astrologue à la cour de Bologne qui connut son heure de gloire à la Renaissance. Je savais que dans cet ouvrage l'homme de science avait inséré la grande planche dépliante de l'horoscope des jésuites.

Publiée en 1671 à Amsterdam, il s'agissait là d'une curiosité exceptionnelle enjolivée d'inscriptions latines, de symboles astrologiques et d'indications médicales, voire médicinales. J'éprouvai le désir de prendre ce gros livre pour le feuilleter à mon aise, mais la veuve Brequin me prit par le bras pour me montrer un ouvrage particulier publié en 1620. Elle m'expliqua qu'il s'agissait de la première édition autorisée par l'auteur, me désigna le titre gravé dont l'ensemble, relié en un fin cuir brun, était augmenté de planches accompagnées de légendes numérotées se rapportant à chaque détail anatomique. Le *Catotrum microcosmicum, suis aere incisis visionibus splendens cum historia* dévoilait les organes de l'homme et de la femme dans une splendeur jusque-là inégalée. Je compris alors la passion de Michel Brequin. Elle me proposa de faire un dernier tour, puisqu'elle n'avait pas l'intention de conserver la boutique et que toutes ces richesses seraient vendues aux enchères publiques, rue Drouot, dans le 9e. Elle se retira pour aller à l'étage se reposer, me laissant avec Joachim qui, une fois sa mère partie, m'attira dans l'arrière-boutique pour me montrer un volume. Il prit un carton et lu de sa voix encore pointue : «Ouvrage relié pleine peau de truie estampée à froid sur les plats de personnages en encadrement et motif central…» Il s'arrêta pour ajouter que son père n'avait pas eu le temps de terminer d'écrire la fiche du livre ; il l'avait retrouvé par terre, effondré, le stylo dans la main, comme si ses forces avaient décliné peu à peu pour le dévitaliser au fil de la plume. Alors, il dit d'une voix douce :

— Dites-moi, Françoise, c'est le livre qui lui a fait ça ? On pense que les pages auraient été empoisonnées…

— Non, c'est impossible, fis-je en ma nouvelle qualité d'initiée aux mystères d'Éleusis. C'est la plume, Joachim.

Dites-moi, vous n'avez touché à rien, depuis, vous et votre maman ?

— Non, bien sûr. Les types du SAMU sont venus. Ils portaient une combinaison, un masque et des gants quand ils l'ont sorti sur une civière. Il est mort dans la nuit.

— Et les médecins ? Ils n'ont rien dit ?

— Mon père était hémophile.

— Hémophile… porphyrique ?

— Ils ont dit « du type C ».

— Il ne fallait pas qu'il… risquai-je.

— Les conséquences d'une chute étaient mortelles pour lui, poursuivit l'adolescent.

— Oui, bien sûr, soupirai-je.

— Mais pourquoi avez-vous parlé de la plume ? s'enquit-il.

— J'ai dit une bêtise…

— C'est le chagrin, alors ?

— Mais vous devriez aller demander à votre maman pour le type C.

— Vous m'attendez ?

— Bien sûr, Joachim. Allez-y !

Je le regardai sortir de la pièce et dès qu'il se mit à monter les marches, je me mis à genoux sur le sol à la recherche de la plume maudite. Hémophile, mon œil ! Coincée sous le rebord d'une bibliothèque, j'aperçus la plume fatidique qui avait roulé de la main du libraire jusqu'à cet endroit reculé pour s'y coincer. Je sortis mes gants, les mis et, en me couchant par terre, je pus étirer mon bras jusque-là pour extirper l'outil funeste de sa cachette. Je l'examinai prudemment, puis je fourrai la plume dans la poche de mon manteau pour ressortir de la boutique tranquillement. Sans bruit. Comme un chat, la nuit.

Je regagnai l'hôtel en pestant. La grande cloche de l'église Saint-Sulpice sonna les six coups du soir. Cette fois-ci, j'avais été trop loin. J'avais vraiment dépassé les bornes. Une fois rendue, empourprée de colère, je demandai au réceptionniste si j'avais des messages. Il me tendit un pli. J'ouvris : pour des raisons indépendantes de sa volonté, la compagnie d'aviation devançait le vol à 24 h le soir même et on m'offrait un service de navette dès 20 h pour me reconduire à l'aéroport. Je vis qu'il était déjà 19 h. Je demandai au type de confirmer à l'instant ma présence pour la navette. Ce qu'il fit avec empressement. Je montai en courant faire ma valise.

Une fois dans la chambre, je retirai mon manteau. Je découvris avec horreur que le tissu de la doublure avait brûlé au niveau de la poche où logeait la plume maudite. J'étendis alors le manteau de tout son long sur le carrelage de la salle de bain après en avoir retiré la satanée plume que j'insérai au niveau du col pour mieux l'enrouler. Ce que je fis avec précaution, les mains gantées ; et, pour garder l'imperméable en boule, je me servis de la ceinture comme d'une corde et le ficelai. Je déposai ce qui n'était plus qu'un ballot dans le bain en espérant endiguer cet étrange phénomène. Je pensai à quelque solution acide qui s'était échappée du stylet, mais, faute de temps, je tâchai de rassembler mes effets personnels et bouclai mon sac de voyage. Je déverrouillai le coffret de sécurité et y repris mes cartes de crédit, mon passeport, le billet d'avion de retour, l'argent canadien que j'avais en arrivant espérant pouvoir manger un morceau à l'aéroport avant le vol. Le téléphone sonna. C'était le réceptionniste qui me pressait de descendre : la navette pour l'aéroport était arrivée. Je partis comme une flèche, sac au dos, avec mes documents de voyage.

•

Ce fut un retour sans histoire. Un vol de nuit que je subis assise aux côtés de bambins qui pleurent et de jeunes mamans au bord de la crise de nerfs. Je passai la nuit blanche en gagnant six heures grâce au décalage par rapport à l'heure de Montréal. Sac au dos, je franchis la douane sans ambages pour sauter dans un taxi qui me déposa chez moi dans cette ville incroyablement vide, calme et sans intérêt. Je défis mon bagage, puis je m'endormis une petite heure, brisée de fatigue. Je me levai à minuit pour apprendre que la grève étudiante venait de se terminer et que les professeurs concernés devaient rentrer au travail. Un courriel m'attendait. Je l'ouvris : la session étant passablement décalée et pour arriver à la terminer, il fallait reprendre et envisager un nouveau calendrier scolaire où l'on devait enseigner six jours sur sept.

Je repris le collier le surlendemain. Et j'oubliai toute cette folle affaire.

•

Je ne savais toujours pas ce qui était advenu de mon imper roulé en boule et stratégiquement laissé dans la baignoire de l'hôtel quand, un mois plus tard, je reçus une grosse boîte livrée par le jeune messager d'une compagnie de transport privée. Je priai le ciel que ce ne fut pas mon horrible manteau que l'hôtel me renvoyait avec les compliments de la maison. Je signai le récépissé du messager aux yeux clairs qui me remercia tout sourire pour aussitôt repartir dans son camion.

Je fermai la porte et j'allai à la cuisine, intriguée. Je mis la boîte sur la table et j'inspectai le colis qui avait fait le même voyage que moi. M'avait-il suivi ? Mon adresse écrite

en caractères typographiques était parfaitement imprimée, mais sous le nom de Françoise Levert. L'adresse de
l'expéditeur portait les coordonnées de la funeste boutique de livres anciens, rue des Quatre Vents. Le tampon
de la poste française révélait la date de son envoi : 20 mai,
soit quelques jours avant mon départ de Paris. Je sortis
chercher mon agenda pour vérifier les dates. Ne pouvant
établir quelque corrélation, je repris mon examen du colis
avec circonspection.

La boîte ne portait pas de marque distinctive et ne
dégageait aucune odeur. Pour ne pas prendre de risque,
je mis des gants et descendis dans la cour avec un canif
pour l'ouvrir. Je décidai aussi de porter un masque de
papier pour éviter la contamination microbienne en espérant que les voisins ne voient pas ce que j'étais en train de
tramer.

Agenouillée sur l'herbe jeune qui perçait les plaques de
boue résiduelle d'un printemps ayant trop duré, je plantai
ma lame au beau milieu de la boîte et l'ouvris prestement.
Je dégageai la bourre faite de papier bulle pour découvrir
un encrier de verre, un pied sur lequel le poser et une
fiole de liquide translucide. Je pensai tout de suite qu'il
s'agissait d'encre sympathique. Je pris la bouteille avec
précaution et je cherchai d'en identifier le contenu en la
mettant face au soleil, en vain. Le liquide semblait avoir
la même densité que l'huile. Ensuite, je frottai l'encrier
d'un chiffon jusqu'à ce qu'il brille. Devant l'innocuité des
objets, je remontai chez moi, aussi bredouille qu'interloquée. La famille Brequin m'avait acheminé ce charmant
cadeau, sans plus. Je disposai cet attirail sur le buffet du
salon et, pragmatique, après avoir versé le liquide ambré
dans l'encrier, je m'en servis comme presse-papiers pour
mes factures de voyage.

La nuit venue, je m'éveillai en sursaut. Je vis une lumière inhabituelle irradier depuis le salon. Je me levai pour aller voir. L'encrier avait changé de couleur ; il s'était mis à luire pour devenir un millefiori brillant de tous ses feux transfigurant mon salon grâce aux rayons qui en émanaient comme s'il était rempli de visiteurs évanescents. On croyait rêver. Ravie et médusée à la fois, je retournai me coucher. Incapable de me rendormir, je passai une nuit blanche à écrire, la tête bourdonnant d'idées, de voix et de personnages. La puissance imaginative qui émanait du millefiori était telle que je devins insomniaque. Je me remis à écrire. Le jour venu, je partais donner mes cours, les traits tirés, le teint blême et brisée par le surmenage.

Une semaine passa jusqu'à ce qu'un matin, de nouveau, un coup de sonnette retentisse. C'était le même livreur de la même compagnie privée qui redemandait ma petite signature. Mme Françoise Levert. Je resignai, refermai la porte et j'ouvris la nouvelle enveloppe. On m'invitait à la première de *Faust*, le nouveau film du cinéaste russe Soukourov. Le carton me tomba des mains. Une première ? J'allai m'étendre sur un sofa et m'endormis.

Le soir venu, le téléphone retentit. Dring ! Dring ! Je répondis. Allo, oui. Une voix exigeait que je me rende au cinéma. Non ! N'avais-je pas signé ? Oui. Et deux fois plutôt qu'une ? Bah ! La voix me dit que j'étais dorénavant liée par un pacte. Choquée, je raccrochais, débordant d'agitation ; alors, en moi, une sourde colère succéda à la stupeur. On frappa à ma porte. Deux hommes en smoking et haut-de-forme venaient me chercher pour aller au cinéma. Je leur fermai la porte au nez, bien décidée à ne pas me laisser dicter ma conduite. Une fois la porte close, je me retournai pour retrouver les deux majordomes dont l'un me tendit une veste et l'autre, un porte-documents.

Je me dis qu'il était plus sûr de céder, fusse momentanément. En passant le blazer, je leur demandai de quoi il s'agissait. Le plus grand répondit:

— Il s'agit d'une conférence sur le Marteau des sorcières.

— Évidemment. Et c'est Françoise Levert qui l'a écrite?

— Non, Françoise Levert, c'est vous. L'auteur en est Michel Brequin, le Maître de la grande loge boréale. Il vous attend dans la voiture. On vous expliquera. Venez, Madame Levert.

— Mais je ne suis pas Françoise Levert à la fin! Je ne l'ai jamais été! C'est un quiproquo! Vous n'avez pas le droit! Vous vous méprenez!

— Madame Levert, ne vous rebellez pas: le Maître vous attend. C'est un grand honneur d'avoir été choisie.

Encadrée étroitement par les deux envoyés de quelque société secrète, je sortis en proie à une panique que je réussis à dissimuler non sans mal. On m'ouvrit la portière et j'allais m'engouffrer dans cet enfer quand mon poète se présenta chez moi, à l'improviste.

— Ah! Bonjour, France! Je te dérange... tu partais? s'enquit-il d'une petite voix en regardant ces messieurs qui reculèrent de surprise et de terreur devant un ego aussi puissant.

— Pas du tout, j'arrivais justement! fis-je, avec le sentiment aigu de celle qui vient d'être sauvée par la cloche. Ces messieurs ont eu l'amabilité de me raccompagner de l'aéroport. Tu viens prendre un café? lançai-je, absolument ravie de le revoir.

— Je ne veux pas te déranger... ajouta-t-il, feignant de partir. Je sais combien je peux être envahissant... commença-t-il en avançant vers moi d'un pas. Puis il me fit la bise pour me serrer dans ses bras.

— Tu ne me déranges pas du tout ! Allez, entre ! Sais-tu que je t'ai rapporté un cadeau ?

— Ah ? Un cadeau ! Oh ! Tu n'aurais pas dû ! J'ai tellement été insupportable avec toi... mais tu sais combien j'adore les cadeaux ! J'ai une âme d'enfant, moi !

Et je le vis faire quelques petits pas de danse. Voyant cela, les corbeaux firent la grimace, se poussèrent l'un l'autre pour prendre place sur les sièges avant en claquant les portières. Nous vîmes leur sordide voiture partir en trombe dans la nuit. Et mon poète de discourir :

— Je vois que ces messieurs sont partis ! Dommage... J'aurais aimé connaître le nom de leur tailleur. Eh bien ! nous nous passerons d'eux ! Maintenant, France, dis-moi, continua mon autolâtre, c'est un cadeau pour moi ? Vraiment ? À moi ? Moi ! C'est un cadeau... comment ?

— Un cadeau qu'on se fait entre écrivains. Tu vas voir ! Allez, viens !

Table

GARANT DES FORÊTS
INTACTES

Cet ouvrage composé en New Baskerville
a été achevé d'imprimer en février deux mille quatorze
sur les presses de

imprimerie **gauvin**

Gatineau (Québec), Canada.

MIXTE
Papier issu de
sources responsables
FSC® C100212